Yesterday's gone

Saison 1 – Épisodes 5 & 6

L'Avènement de la chose

Sean Platt & David Wright

Yesterday's gone

Saison 1 – Épisodes 5 & 6

L'Avènement de la chose

Traduit de l'anglais
par Hélène Collon

ÉDITIONS FRANCE LOISIRS

Titre original : Yesterday's Gone – season 1 – episodes 5 & 6

Édition du Club France Loisirs,
avec l'autorisation de Fleuve Éditions.

Éditions France Loisirs,
123, boulevard de Grenelle, Paris
www.franceloisirs.com

ISBN : 978-2-298-13029-4

YESTERDAY'S GONE

Saison 1 – épisode 5
« Welcome Darkness… »

1

Luis Torres

16 octobre, tôt le matin.
New York.

— Il faut que je les retrouve, dit Brent en regardant fixement les milliers de corps empilés sur toute la surface de Times Square. Que je les voie de mes propres yeux.

— Il y en a trop, répondit Luis. Même si ta femme et ton fils sont là, ça nous prendrait toute la journée. Et on manquerait le ferry pour Black Island. Sans oublier notre ami comateux resté dans la voiture.

— Allez-y sans moi, répliqua Brent en partant inspecter les rangées. Moi, je reste.

— Tu ne peux pas faire ça. Ces abominations vont revenir.

— Je m'en moque ! s'écria Brent en ravalant ses larmes. Qu'elles viennent ! Moi, il *faut* que je sache.

Luis secoua la tête, poussa un gros soupir et scruta le brouillard. Aucune trace des créatures. Ils étaient seuls avec les morts. Pour le moment.

Des morts qui, très curieusement, ne portaient pas de marque de blessure. Ce n'étaient donc sans doute pas les mêmes créatures qui avaient tué ces pauvres gens. D'une, celles que Brent et lui avaient affrontées les auraient mis en pièces. De deux, elles ne les auraient pas entassés aussi proprement.

C'était probablement l'œuvre d'êtres humains, d'après lui. Or, qui était suffisamment organisé, et qui disposait de la main-d'œuvre nécessaire pour faire preuve d'une telle efficacité, sinon le gouvernement ? Si son hypothèse était la bonne, jusqu'à quel point les autorités étaient-elles au courant, et impliquées dans les événements ?

Si le petit groupe auquel il avait appartenu avait su à l'avance que le phénomène allait se produire, on pouvait supposer que d'autres personnes étaient dans le même cas. Des personnes qui y avaient pris part. Qui étaient préparées. En revanche, le gouvernement n'était sans doute pas directement impliqué dans la mort ou la disparition de la population. Certes, il avait largement démontré, au fil des ans, qu'il était capable de commettre des atrocités, Luis ne l'ignorait pas ; mais de là à éliminer ses propres citoyens… Donc, les autorités avaient probablement su qu'il allait se passer quelque chose ; peut-être avaient-elles même su de quoi il s'agissait. Mais elles n'y avaient pas pris part activement. Et elles n'avaient rien pu empêcher.

Alors elles avaient fait ce qu'elles avaient pu, c'est-à-dire rassembler les cadavres et s'organiser.

Luis avait eu beau anticiper l'événement en rêve et savoir qu'un très grand nombre d'êtres humains périraient, il ne se sentait nullement préparé au choc, à la peine que lui causait le spectacle de cette hécatombe.

Ces milliers d'hommes, de femmes et d'enfants au regard vide étaient un crève-cœur pour lui qui, pourtant, avait passé toute sa vie à s'endurcir. Et voir Brent errer de pile en pile à la recherche de sa femme et de son fils ne faisait que retourner le couteau dans la plaie.

— Qu'est-ce que tu vas faire si on ne les trouve pas ? lui demanda-t-il. Les enlever de là un par un, comme si on cherchait la télécommande sous un tas de fringues ?

— Tu n'es pas obligé de faire quoi que ce soit, fit sèchement Brent. Tu peux y aller. Moi, je les cherche.

— Et après ? Qu'est-ce que tu feras si tu les trouves ? Ça ne les ressuscitera pas, je te signale.

Brent interrompit ses recherches et lui jeta un regard noir.

— Tu n'as pas besoin d'une certitude, toi ? lâcha-t-il en se rapprochant de Luis. Tu ne préfères pas savoir si ta fille est morte ou si elle a seulement disparu ? Si elle reste introuvable, ça signifie qu'il y a encore un espoir, non ? Mais tu as peut-être déjà fait une croix dessus ? Tu as tourné la page, c'est ça ?

— Mais non, répondit calmement l'autre en mettant cette agression sur le compte du chagrin.

Brent se rapprocha encore, si près que Luis se sentit mal à l'aise.

— Ah bon ? Alors on peut savoir pourquoi tu ne la cherches pas ? Moi je n'ai que cette idée en tête, les retrouver, et toi, tu ne fais même pas mine de chercher !

En toute autre circonstance, Luis aurait assommé quiconque aurait osé lui parler sur ce ton. D'ailleurs, il sentait ses mains le démanger. Mais il se contraignit à respirer lentement pour garder son sang-froid. Ce qui ne suffit pas tout à fait à contenir sa colère. Il finit par céder à l'envie de lui renvoyer une repartie cinglante.

— Ou alors, si je ne suis pas complètement dévasté, *moi*, c'est parce que je n'ai pas négligé ma famille pendant des années et attendu qu'elle ait disparu pour avoir des regrets. *Moi*, j'ai passé du temps avec ma femme et ma fille parce que je savais que rien n'est éternel ; que ce soit à cause du cancer ou de la fin du monde, je savais qu'un jour, le moment fatal viendrait. Alors j'ai vécu avec elles et je les ai aimées ; parce que *moi*, je m'intéressais sincèrement à ma famille.

Brent plissa les yeux, puis lui décocha un direct. Luis aurait pu l'esquiver sans la moindre difficulté, mais il se contenta de se déplacer légèrement de manière que le coup l'atteigne à l'épaule droite, sans lui faire de mal. Ce devait être la toute première fois que Brent se servait de ses poings…

— Ça va, tu te sens mieux ? lui demanda-t-il sans s'énerver outre mesure.

Rouge de honte, Brent se détourna.

— Écoute, mon vieux, reprit Luis. Je comprends que tu aies besoin de savoir, pour passer à autre chose. Mais d'un autre côté, tu ne pourras *jamais* passer tous ces cadavres en revue avant de voir rappliquer une nouvelle meute de monstres. Je resterais bien t'aider si je pensais que ça pouvait servir à quelque chose, mais ils sont trop nombreux pour nous. Même si on avait une semaine devant nous, on n'en viendrait pas à bout.

— Il faut que je sache, répéta Brent en le regardant dans les yeux. Si je m'en vais maintenant, je ne le saurai jamais.

— Qu'ils soient morts ou pas, pour le moment on ne sait pas où ils sont. Tu les reverras peut-être dans cette vie, ou alors dans l'autre, mais la seule chose dont on soit sûrs, c'est de ce qui se passe ici et maintenant. Et dans l'instant présent, il n'y a rien qu'on puisse faire pour les faire revenir.

— Tu n'es même pas curieux de savoir si ta fille est là ou pas ?

— Je savais depuis des années que ce moment allait arriver, je te dis. Je savais qu'il faudrait que je lâche prise. Ça ne m'a pas rendu la tâche plus facile, et je donnerais n'importe quoi pour retrouver ma vie d'avant, mais ce n'est pas pour autant que je me raccroche à des espoirs absurdes. Alors non, je n'ai pas tourné la page, mais en même temps, je ne veux pas compter sur une chose dont je sais qu'elle n'arrivera pas. Dans les rêves que je faisais, j'ai vu qu'elle disparaîtrait. Et mes rêves, je ne les remets pas en question.

Brent promena une fois de plus son regard sur les amoncellements. Luis devina qu'il faisait des calculs. Manhattan comptait plus de deux millions d'habitants, mais il ne devait y avoir que vingt à trente mille cadavres sur la place. Cent mille tout au plus. Ce qui faisait beaucoup de disparus. Si ça se trouvait, il y en avait encore autant au carrefour suivant, ou à celui d'après, et pourquoi pas tassés dans les immeubles, ou sur toute la hauteur de Madison Square Garden. Ils ne pouvaient pas passer toute la ville au crible. Les monstres rôdaient dans tous les coins. Brent était sans doute en train de comprendre ce que Luis savait déjà : la meilleure solution était de rejoindre ceux qui émettaient à partir de

Black Island en espérant que d'autres personnes aient réussi à se mettre en sécurité.

— Bon, d'accord, dit Brent, vaincu. Allons-y.

Ses épaules s'affaissèrent.

— Ça va aller, tu verras, lui dit Luis, qui n'en pensait pas un mot.

En revenant à la voiture, ils constatèrent que l'état de Joe s'était aggravé.

Son visage était sillonné de veines noires et sa peau enduite d'une substance pâteuse. Il respirait avec peine et ses paupières étaient toujours closes. Luis faillit prendre son pouls, mais les vilaines marbrures sombres qui le défiguraient avaient l'air contagieuses. Seul, il aurait abandonné le vieil homme sur le trottoir, mais Brent ne le laisserait sûrement pas faire ; il semblait trop inquiet. Joe n'était pas seulement le concierge de son immeuble ; c'était aussi le seul survivant de sa vie d'avant. Son unique lien avec le passé. Or il était déjà assez perturbé comme ça. Luis préférait ne pas prendre le risque qu'il craque complètement s'il le privait de ce lien.

— Joe, ça va ? demanda Brent en prenant place sur la banquette arrière.

Pas de réponse.

— Il lui faut des soins, déclara Luis en mettant le contact.

Il voulait arriver le plus vite possible à destination pour éviter que Joe vomisse, saigne ou même meure dans sa voiture.

— Avec un peu de chance ils sauront quoi faire, à Black Island.

— Papa ? fit une fois de plus la voix de Ben par la bouche de Joe.

Luis lança un coup d'œil à Brent dans le rétroviseur et lut sa détresse sur son visage.

— J'ai très... reprit la voix.

Elle était terriblement faible, comme si Joe n'avait presque plus la force d'émettre un souffle, et encore moins un mot.

— Très quoi ? demanda Brent en s'avançant sur la banquette pour mieux entendre les murmures de Joe.

Ce dernier releva la tête, mais sans ouvrir les yeux.

— J'ai très... hrmpf...

Cette fois, c'était un mélange des deux voix, celle de Ben et celle de Joe.

— Qu'est-ce qu'il dit ? fit Brent.

— Aucune idée.

Perplexe, Luis n'avait qu'une envie : se débarrasser du vieux. Brent s'approcha encore de Joe, qui se redressa très légèrement, au prix d'un gros effort mais les paupières toujours fermées, comme s'il était inconscient.

— J'ai très... faim, acheva Joe d'une voix un peu plus assurée.

— Faim ? s'étonna Brent.

Au moment où Luis détachait son regard de la chaussée pour le reporter sur Joe, celui-ci ouvrit brusquement les yeux. Ils n'étaient plus blancs, mais d'un noir absolu. Alors sa bouche s'ouvrit, démesurément grande ; les commissures se fendirent et un sang noir coula sur son menton. Manifestant une énergie, une vivacité soudaine, Joe se jeta en avant, attrapa la tête de Brent et chercha à l'attirer à lui dans l'intention évidente de le mordre.

Luis freina brusquement. Joe et Brent, qui n'avaient pas attaché leur ceinture, basculèrent en avant. Le journaliste heurta le dossier côté conducteur puis s'affala en arrière. Joe alla percuter le pare-brise la tête la première et laissa une tache rouge sur le verre à l'épreuve des balles. Il poussa un cri aigu, une plainte surnaturelle, quelque part entre l'homme et le monstre, puis se retourna vers Luis et lui sauta dessus. Les armes de poing étaient hors de sa portée, sur la banquette arrière. Quant au fusil qu'il avait posé sur le tableau de bord, il avait glissé au moment du coup de frein et se trouvait à présent aux pieds de Joe. Luis repoussa celui-ci de la main gauche et, de la droite, lui enserra le front en s'efforçant de l'empêcher de mordre.

— Passe-moi un flingue ! hurla-t-il à Brent sans se retourner.

Tout à coup, quelque chose craqua dans le cou de Joe, dont la tête pivota sur le côté. Il enfonça ses dents dans le bras de Luis.

— Merde ! cria ce dernier.

Il chercha frénétiquement la poignée de la portière dans son dos. Quand il l'eut ouverte, il défit sa ceinture de sécurité et prit un peu de recul pour expédier des coups de pied à Joe, d'abord maladroitement, puis avec assez de force pour le repousser. À moitié sorti de l'habitacle, il plaqua de toutes ses forces ses semelles contre le torse mince de Joe afin de le clouer contre la portière tout en entendant Brent s'activer à l'arrière.

— Alors, ça vient ? hurla-t-il.

La tête de Joe se mit à osciller d'avant en arrière, violemment et à toute vitesse. Au milieu de ses cris et de ses cliquetis de dents, il aspergeait Luis et sa voiture de projections de salive noire. Pour finir, il se baissa et agrippa la jambe de Luis avec une force surprenante pour son âge.

Luis hurla, certain que la « chose » qui avait été Joe allait le lacérer. Dans un regain de frayeur mêlée de fureur, il rassembla toutes ses forces, détendit simultanément ses deux jambes en visant la mâchoire et lui cogna la tête contre la vitre jusqu'à la réduire en bouillie. Au bout d'un moment, le corps cessa de tressauter.

Luis jaillit de la voiture en poussant des cris. L'adrénaline coulait à flots dans ses veines. Il inspira de grandes goulées d'air qui lui firent mal aux poumons. Brent mit pied à terre à son tour, un pistolet à la main. Luis le lui arracha, fit le tour de la voiture en courant, ouvrit la portière, balança le cadavre sur la chaussée et lui tira dessus à quatre reprises.

Il se mit à frotter son avant-bras droit en jurant de plus belle. La plaie était plus importante qu'il n'aurait cru. La chose avait emporté une pleine bouchée de chair. Brent vint le rejoindre.

— Mais qu'est-ce qui lui a pris ?

— Il a été contaminé. Il était en train de se transformer en monstre noir.

— Nom de Dieu, fit Brent en posant un regard incrédule sur le cadavre de Joe.

Il ne prit pas tout de suite conscience de la blessure de Luis.

— Mais tu es blessé !

— Il m'a mordu.

Pour la première fois depuis des dizaines d'années, Luis avait peur de mourir.

2

Boricio Wolfe

18 octobre.
Quelque part en Alabama.

La porte grinça. Boricio sourit.

Visiblement, Testo ne se doutait de rien : il entra dans la pièce l'air conquérant et la démarche assurée. Derrière lui, sur le seuil, deux gardes dont l'arme était restée dans le holster.

Ah les cons !

— Go ! gronda-t-il.

Trois secondes à peine s'étaient écoulées depuis que la porte s'était ouverte, et déjà la batte maniée par Boricio frappait Testo de plein fouet. L'homme vida ses poumons d'un coup et s'écroula avec un petit cri étranglé, les deux mains plaquées sur le ventre. Boricio le laissa se tordre de douleur sur place et se tourna vers les deux autres en montrant les dents.

Les gens délicats, il les cueillait comme des fleurs ; et ces deux-là n'allaient pas tarder à se faner.

Les gardes firent mine de saisir leur arme, mais n'en eurent pas le temps : Boricio brisa les doigts du premier d'un coup de batte. Puis il lâcha celle-ci, attrapa l'homme par le cou, le fit pivoter sur place et plongea la main vers son holster. Il en retira un colt avec lequel il lui tira une balle dans la poitrine, puis une dans la tête pendant qu'il s'effondrait.

Un geyser de sang s'abattit sur Testo, qui gesticulait toujours au sol, mais reprenait peu à peu son souffle. Le voyant ouvrir la bouche pour appeler à l'aide, Boricio appuya le colt contre sa pommette.

— Un mot, un geste et je tire, dit-il en poussant si fort le canon contre l'os qu'un hématome n'allait pas tarder à apparaître.

De l'autre côté, c'était quatre contre un. Le second garde brandissait son arme.

— Reculez ! criait-il à la Boricio Team en joignant le geste à la parole.

Adam et Charlie se tenaient derrière lui, Manny et Jack devant.

Ce n'était certainement pas un enfant de chœur, mais il se pouvait aussi qu'il ait reçu l'ordre de ramener les prisonniers vivants ; en effet, alors que son chef embrassait le ciment et que son collègue refroidissait déjà, il restait planté là, le regard vide et la main tremblante.

C'est la dernière décision que tu prends dans ta vie futile, connard ! Appuie cinq fois sur la détente et tu nous étends raides morts. Si tu ne rates pas ta cible. Mais si t'appuies pas dans les deux secondes, t'es mort de toute façon.

— Reculez ! aboya-t-il à nouveau.

— Tire !

Testo avait retrouvé assez de voix pour donner un ordre. Boricio lui balança un coup de crosse sur la tête, puis se redressa. Il adressa au garde son plus beau sourire charmeur et leva les mains en l'air.

— Pas si vite. Je vois bien que je suis foutu. Je me rends.

Tout en parlant, il avança discrètement.

— J'ai les mains en l'air, tu vois bien. T'as gagné.

— Recule sinon je te colle une balle dans la tronche.

Boricio s'immobilisa. Il était à trois mètres du garde. Du gâteau, si l'autre n'avait eu en main un 45 mm, mais la Boricio Team n'était pas armée et il savait que, dans une seconde, l'autre énervé allait retrouver son souffle et lui ordonner de tous les buter. Bref, il était dans la merde.

— Hé, du calme. J'ai dit que je me rendais. Faut que je parle en quelle langue ?

Boricio se baissa, posa son arme par terre, canon en avant, puis se releva, les mains toujours en l'air. Il donna un coup de pied dans le pistolet, qui glissa sur toute la distance qui les séparait, passa à côté du garde et s'arrêta entre Adam et Charlie.

— Tu vois bien : je me suis rendu, fit-il en haussant un sourcil ironique.

Terrorisés, les prisonniers n'osaient pas bouger d'un pouce. Boricio entendait Testo respirer bruyamment dans son dos, mais sans se relever.

Et merde. La Boricio Team est un ramassis de crétins congelés. Si c'était moi, là-bas, ce connard aurait déjà son flingue enfoncé dans la gueule. Quels branleurs. Désolé les gars, mais si on veut faire partie de la bande, faut savoir se rendre utile.

Boricio fonça sur Manny – qui ne vit rien venir –, l'empoigna et le retourna pour s'en servir de bouclier, le tout sans quitter le garde des yeux. Puis il catapulta le premier contre le second et se jeta aussitôt à terre.

Entre-temps Testo s'était relevé, mais déjà Boricio fauchait le garde armé. Il y eut un craquement sonore quand il heurta le sol, mais Boricio l'attrapa quand même par les cheveux et lui cogna une deuxième fois la tête sur le ciment. Un contrecoup qui lui fut fatal. Une flaque de sang se forma.

— Ça va pas, non ? hurla Manny.

— Tu me gronderas plus tard, maman, dit Boricio en lui envoyant un baiser.

Puis il se retourna vers Testo.

— Pas si vite, jeta à son tour ce dernier en braquant son arme sur un point situé derrière Boricio.

Son instinct de prédateur lui souffla que l'homme s'adressait à un des prisonniers, qui devait essayer de ramasser l'autre arme.

— Un coup de pied et tu me le renvoies vite fait, ordonna Testo.

Le pistolet glissa sur le sol en ciment, fila entre les jambes écartées de Testo et s'arrêta juste derrière lui, à un mètre du mur environ.

L'homme sourit et pointa son canon sur Boricio.

— En fait, commença-t-il, on était juste venus vous régler votre compte. Du coup, on va prendre notre temps. *Tout* notre temps. Et on va bien s'amuser.

Ce merdeux tient à son petit monologue, je vois. Histoire de me montrer que c'est lui le boss, qu'il est super méchant et qu'il va me faire payer. Sauf que jusqu'ici personne n'a tiré, et qu'ils avaient vraiment l'intention de prendre tout leur temps avec nous, j'ai pas de raisons d'en douter, il va se passer un moment avant qu'on ait de la visite. Mais si je remets la main sur ce flingue, c'est fini pour lui.

— Un peu facile d'être le bras droit de la Grande Faucheuse quand on agite un pistolet chargé. Vu que les garçons doivent se sentir bien seuls dans cette taule, j'imagine que tu les aides à se soulager ? Auquel cas ta main doit être encore plus rapide à la détente que ta petite bite.

L'autre eut un petit rire et alla ramasser la batte de base-ball sans cesser de viser Boricio. Puis il rangea son pistolet dans son holster.

— Les balles, ça ne serait pas assez marrant, annonça-t-il. J'aimerais mieux te faire fermer ta grande gueule à coups de batte. Après, peut-être que je fêterai ça par une ou deux balles dans la rotule. À moins que…

Il laissa volontairement sa phrase en suspens afin de prendre Boricio par surprise – déjà la batte s'élevait dans les airs. Mais ce dernier vit venir le coup et se déroba. Aussitôt, il chargea et saisit la batte à deux mains. Mais Testo le vit venir, lui aussi, et ne se laissa pas faire. Leur corps à corps les entraîna dans toute la pièce, chacun tentant de s'approprier l'objet. Pendant ce temps, les membres de la Boricio Team restaient sur la touche, en simples spectateurs. Personne n'avait le courage d'aller récupérer l'autre pistolet.

Au rayon force brute, Testo avait l'avantage. Il réussit à reprendre la batte, envoya Boricio au tapis d'un coup de pied en pleine poitrine puis, tandis que ce dernier essayait de se relever, il lui décocha une première ruade dans les côtes. Le prisonnier retomba et Testo le cueillit au menton du bout de sa botte. Un centimètre de plus et cet enfoiré lui pétait la mâchoire.

— Arrêtez ça tout de suite, intervint alors Charlie.

Tiens ! Une de ces femmelettes a fini par piger. Bravo mon gars, tu resteras dans l'histoire, sur ce coup-là.

— Bute-le ! brailla Boricio.

— Non non non, fit Testo en remuant l'index. Je suis votre seule chance de vous en tirer, vous pouvez me croire. Passez cette porte et vous êtes tous morts. Par contre, si tu butes cet enfoiré, petit, ajouta-t-il en indiquant Boricio, t'auras peut-être un avenir – ou ce qu'il en reste. Et tes petits copains aussi.

— Pourquoi vous nous avez amenés ici, au départ ? voulut savoir Charlie.

— Eh non ! Je ne répondrai à aucune question tant que tu n'auras pas descendu ce métèque. C'est ta dernière chance de faire équipe avec nous. Sinon, ce sera avec les morts. À toi de choisir, petit.

Boricio se tourna vers Charlie.

— T'es trop malin pour gober ces bobards. Il nous a amenés ici pour nous faire la peau à tous, et il va pas s'en priver. C'est lui le fils de pute qui a ordonné qu'on te ligote. Et c'est moi qui t'ai détaché.

Charlie ferma l'œil gauche et visa Testo d'une main plus ferme.

— Stop ! fit Manny. Réfléchis bien à ce que tu vas faire, mon gars. Ce type est un monstre, dit-il en regardant Boricio. Rappelle-toi tout ce que tu as vu et entendu depuis que tu es là. Il s'est servi de moi comme bouclier humain ! Il va se retourner contre l'un d'entre nous, voire contre nous tous – ce n'est qu'une question de temps. Il se sert de nous, voilà tout. Dès qu'on sera sortis d'ici, il n'en aura plus rien à faire de nous !

— Bravo ! Bien joué, dans le genre « j'enfonce les portes ouvertes ». Tout ce qu'il a dit est vrai, reprit Boricio à l'intention de sa petite équipe. Un putain de Frankenstein, voilà ce que je suis. Et oui, absolument, j'ai besoin de vous pour foutre le camp d'ici. Mais ce qui est encore plus vrai, c'est qu'aucun d'entre vous ne sortira d'ici sans un sacré coup de main. Et pour le moment, y a que votre serviteur qui peut vous le filer. Non, je vais pas vous buter, parce que vous faites tous partie de ma bande. L'autre connard, là, je l'ai descendu parce que c'était une balance. Si quelqu'un ici décide de la jouer perso, je le bute aussi. Parce qu'il faut ça pour protéger l'équipe.

Il se tourna vers Manny.

— Quant à toi, j'ai pas voulu te manquer de respect. J'ai évalué la situation et agi en conséquence. J'avais à peine quelques secondes pour ça, et la seule chose qui pouvait nous éviter de nous faire tuer, c'était toi. Je suis bon en calcul, c'est tout.

Manny lui jeta un regard furibard.

Va falloir que je l'élimine quand même, celui-là. La Boricio Team, il veut pas en faire partie, en fait ; et moi, j'ai pas besoin d'un cancer qui métastase dans tout le groupe.

Deux détonations claquèrent et Testo s'effondra. Charlie restait planté là, tremblant.

— J'ai pas eu le choix, dit-il. Il allait prendre son flingue.

— Bravo mon gars ! brailla Boricio.

Il alla récupérer le colt par terre, le tendit à Adam puis fit face à la petite équipe.

— On est prêts à y aller ?

Manny s'empara du pistolet de Testo. Boricio alla glisser un regard par la porte qui donnait sur un étroit couloir et, ne voyant personne, fit signe aux autres de sortir. Manny fermait la marche. Dès qu'il eut passé la porte, Boricio appuya le bout de sa batte contre son crâne :

— Ton flingue.

Il tendit la main, et l'autre y déposa l'arme sans protester. À son tour Boricio la passa à Jack, puis se retourna vers Manny.

— Malgré tes conneries, j'ai bien l'intention de te laisser la vie sauve. Par contre, je vais pas laisser mon principal opposant marcher derrière moi armé. Si on trouve d'autres armes à feu, peut-être que tu récupéreras la tienne. En plus, ajouta-t-il en tapotant sa batte, si moi je peux m'en passer, tu peux faire sans aussi.

Le couloir n'avait ni portes ni fenêtres. Au bout, six marches montaient vers une porte en bois.

Ils avaient donc été détenus en sous-sol.

Tout ce qu'il restait d'ignoble dans le monde malgré la fin des temps les attendait derrière la porte de cette cave.

3

Teagan McLachlan

17 octobre, le matin.
Winding, Géorgie.

— Comment ça, « recherché pour meurtre » ? demanda-t-elle à Jade, assise en tailleur à côté d'elle sur le lit. Tu veux dire que ton père n'est ni un flic, ni un agent du gouvernement, ou ce genre de chose ?

Jade secoua la tête.

— Il était cadre moyen dans un cabinet de conseil financier. Un bourreau de travail toujours à la limite du surmenage, presque jamais à la maison. Et puis tout à coup, du jour au lendemain, il s'est mis à raconter qu'il était suivi. Qu'il se faisait du souci pour nous et qu'on devait être sur nos gardes. D'après lui, des « agents » le surveillaient ; si on venait nous chercher, ou nous poser des questions, on était censées garder le silence et s'échapper à la première occasion. Et puis un jour, à son travail, il a complètement pété les plombs. Il a tué *quatre* personnes.

Abasourdie, Teagan était incapable de répondre, comme si sa langue était paralysée.

— Toutes les télés en ont parlé au journal. Ça s'est passé un vendredi soir, dans le parking. Il a dit à ma mère que ces quatre personnes étaient des agents secrets mais ça, les médias n'en ont pas parlé. Son avocat a mis son geste sur le compte du stress post-traumatique consécutif à son séjour en Irak. Il n'y a même pas eu de procès. Il s'en est tiré car il a été déclaré irresponsable et on l'a placé à l'HP.

Teagan vit tout à coup d'un autre œil le déroulé des événements récents. Les hommes de la station-service… avaient-ils représenté une véritable menace ? Et l'hélicoptère ainsi que ses occupants ? Elle avait déjà eu du mal à accepter qu'Ed tue tant de gens pour les protéger tous les deux d'un éventuel danger. Mais si en plus, il se trouvait que les victimes étaient innocentes, alors… Des personnes qu'il avait abattues *pour elle* ! Tandis qu'elle analysait les propos de Jade, son mal de tête s'accentua brusquement.

— Ça alors… Je ne sais pas quoi dire… Vous êtes allées le voir là-bas, ta mère et toi ?

— Au début oui. Et puis…

La porte de la chambre s'ouvrit. C'étaient Ed et Ken. Jade laissa sa phrase en suspens.

— Nous voilà, dit le jeune homme. On a trouvé quelques armes, mais peu de munitions.

Ed regardait Teagan sans rien dire, comme s'il se doutait que les deux jeunes filles avaient parlé de lui et que Jade avait révélé le pot aux roses.

— On a un plan ? s'enquit Jade.

— Je vais sortir, déclara Ed, et essayer d'arriver jusqu'au 4 × 4. Ensuite, je le rapprocherai le plus possible de l'entrée. S'ils me tombent dessus on estimera leurs forces et on ajustera nos défenses en conséquence.

— Et s'ils te tuent ? fit Jade. Non, à mon avis tu ne devrais pas sortir.

— On ne peut pas non plus rester là à attendre de voir ce qu'ils vont faire. Il vaut toujours mieux agir que réagir.

— Papa, c'est trop dangereux.

— Et si j'y allais, moi ? proposa Ken.

— Tu sais te servir d'une arme à feu ? interrogea Ed.

— Euh… en fait, non.

— Alors tu restes là. Ta batte ne va pas suffire.

La remarque d'Ed se voulait pragmatique, sans malice, mais le jeune homme rougit quand même jusqu'aux oreilles.

— On ne s'est pas vus depuis trois ans et tu décides d'aller te faire tuer ? fit Jade.

Plus aucune trace de la jeune femme sérieuse ; il n'y avait plus qu'une gamine effrayée…

— Je ne vais pas me faire tuer. Je suis capable de me défendre.

— Qu'est-ce qui te permet de l'affirmer ? Tu ne sais même pas à quoi tu as affaire avec ces « trucs » !

Elle se détourna, boudeuse.

Aux yeux de Teagan, Ed avait l'air d'un homme vaincu, trop las pour mener une fois de plus un combat mille fois livré, sinon contre Jade, du moins contre sa mère. Pourquoi ne se contentait-il pas tout bêtement de la serrer dans ses bras comme elle en mourait visiblement d'envie ? Il avait beau se targuer de lire à livre ouvert dans l'esprit des gens, en ce qui concernait les femmes il était illettré. Ou alors, l'Irak l'avait rendu incapable de montrer ce qu'il ressentait ; il ne restait que le machisme...

— Fais-moi confiance, reprit Ed. Je peux me tirer de n'importe quelle situation.

Jade secoua la tête. Ed s'en alla.

La jeune fille baissa les yeux et s'efforça de retenir ses larmes. Elle n'y arriva pas longtemps. Mal à l'aise, Teagan se força tout de même à lui passer un bras autour des épaules pour la réconforter. Également gêné, Ken sortit en refermant doucement la porte derrière lui.

Enfin, Jade se dégagea.

— Ça recommence comme avant...

— C'est-à-dire ?

— Il prend des risques inutiles ; il se met en danger pour se donner des allures de héros à la con !

— Je ne comprends pas, dit Teagan.

— Même sans être flic, ni agent secret, comme il te l'a fait croire, autrefois il ne pouvait pas s'empêcher d'intervenir quand quelqu'un était en danger, ou s'il assistait à une infraction. Par exemple, un jour, quand j'avais neuf ans, on est allés à New York, tous les trois, et en rentrant du restaurant, sur le chemin de l'hôtel, on a vu une dame se faire arracher son sac. Le voleur est parti en courant, et dans la rue, personne n'a bougé ; enfin, sauf mon père, qui l'a pris en chasse sans un mot pour ma mère et moi. Il l'a rattrapé et tabassé. Puis il est revenu bien tranquillement et il a rendu le sac à la bonne femme.

— Et tu trouves ça mal, toi ? s'étonna Teagan.

— Au début non. Je trouvais même ça plutôt cool. Mon père ce super-héros, tout ça. Mais il s'est mis à le faire de plus en plus souvent. Et puis ça s'est aggravé. Il se comportait comme s'il s'attendait *en permanence* à ce qu'il se passe quelque chose. Il sautait sur les gens, ou bien il leur faisait peur jusqu'à ce qu'ils s'en aillent. Quand on lui demandait des explications, il prétendait que la personne en question *s'apprêtait* à faire quelque chose. Il disait qu'il le *sentait*. Comme s'il était médium ou je ne sais quoi ! Au point qu'on ne pouvait jamais savoir ce qu'il allait faire ; on avait peur de sortir en sa compagnie. Mais on redoutait encore plus de le laisser sortir seul. Il rentrait tard, alors on s'inquiétait. On craignait qu'il ait fait une bêtise, qu'il se soit attiré des ennuis. Voire de *gros* ennuis. Et puis, il y a quelques années, donc, il s'est mis à raconter des histoires d'agents secrets. On ne savait pas ce qu'il avait, mais là, on aurait dû comprendre que son état s'était aggravé. Cela dit, je ne vois pas comment on aurait pu se rendre compte de l'étendue des dégâts.

Teagan craignait de se montrer indiscrète, mais la curiosité l'emporta.

— Qu'est-ce qui lui est arrivé en Irak ?

— Il refuse de le dire. Je lui ai posé la question un jour, mais il a répondu qu'il n'aimait pas en parler. J'ignore s'il s'est déjà confié à quelqu'un à ce sujet.

Teagan resta un long moment silencieuse, à digérer tout ce qu'elle venait d'apprendre. Puis Jade lui demanda de raconter sa propre histoire, et elle lui en donna la version courte. Puis il fallut expliquer comment elle avait rencontré Ed ; cette fois, elle ne lui épargna aucun détail. Même sur les deux épisodes au cours desquels il lui avait sauvé la vie.

— Il a abattu un hélicoptère ? s'étonna Jade en ouvrant de grands yeux blessés. Mon Dieu…

— Il pensait que ces gens en avaient après moi. Moi et mon bébé.

— Qu'est-ce qui a bien pu lui donner cette idée ?

Teagan se sentit rougir.

— Le soir où il m'a récupérée sur la route, on s'est arrêtés dormir dans un hôtel. Cette nuit-là j'ai fait un cauchemar dans lequel des gens en hélico venaient chercher mon bébé.

Jade se borna à la regarder fixement.

Elle ne dit pas « Je vois, tu es aussi cinglée que lui… », mais cela se lisait dans son regard.

— Je me sens terriblement coupable, reprit Teagan. C'est pour moi qu'il a fait ça. Je lui ai pourtant dit que c'était juste un cauchemar, qu'il ne fallait pas prendre ça trop au sérieux, mais…

— Il les aurait probablement tués quand même. Même si tu ne lui avais pas fourni de motif, il s'en serait trouvé un. Tu n'as fait que donner forme aux théories du complot fumeuses qui lui tournaient déjà dans la tête.

— Mais lui, est-ce qu'il *sait* qu'il n'est pas agent secret pour de vrai ? Est-ce qu'il sait que *toi* tu le sais ? Et s'il me demande si tu m'as parlé de lui ?

Jade réfléchit.

— Oh ! pour lui, ça ne fait aucun doute. Il est bien un agent. Quant à nous, il pense qu'on le croit fou. Ou que sa « couverture » était tellement parfaite qu'on ne s'est jamais doutées de rien, et que maintenant, on ne veut pas y croire. En ce qui te concerne, on va faire comme si je ne t'avais rien dit. Je ne pense pas qu'il me ferait du mal, ni à toi d'ailleurs, mais on ne peut pas dire avec certitude jusqu'où va son délire paranoïaque.

Teagan la regarda sans trouver quoi répondre.

— Je n'aurais pas dû te dire tout ça, reprit Jade. Ça va être compliqué entre vous, maintenant.

On frappa à la porte.

— Entrez, lança Jade.

C'était Ken.

— Ton père vient de sortir pour aller chercher le 4 × 4, annonça-t-il.

— QUOI ?

Jade sauta du lit et se rua dans le salon.

— Sans même dire au revoir ?

4

Luca Harding

17 octobre, fin d'après-midi.
Bell Springs, Missouri.

Quelques minutes plus tôt, il était encore un garçonnet de huit ans. Maintenant, il ressemblait à un adolescent.

Il était toujours lui-même, mais pas comme dans son souvenir.

C'était pour ça que ses vêtements étaient tout déchirés : ils avaient craqué. Comme dans *L'Incroyable Hulk.* Sauf que Lui, Luca, n'était ni vert ni musclé.

— Ne t'en fais pas, fit Will en l'entourant d'un peignoir. Viens, on va te trouver des vêtements à ta taille.

Luca sentait la peur couver chez les autres survivants. Même le chef, Desmond, le regardait comme s'il éveillait en lui des craintes qu'il préférait taire. Ses araignées tristes commencèrent à remuer à l'intérieur de lui.

Luca ne savait pas expliquer ce qui était arrivé à son visage et à son corps, mais une chose était sûre : ce n'était pas sa faute, et il n'aimait pas du tout que les autres le regardent comme s'il faisait partie du *fait-très-peur.*

Surtout Mary, la maman de Paola. Elle lui souriait parce qu'il avait sauvé sa fille, mais il savait voir derrière ce sourire-là : dans sa tête, elle ne lui faisait pas confiance.

Elle croit que je peux faire du mal à Paola si je veux, et que c'est seulement par accident que je l'ai aidée. Elle ne veut pas que je m'approche, mais en même temps, elle s'en sent coupable. Comme quand papa a du travail.

Mary berçait Paola.

— Si tu savais comme j'ai eu peur ! Dieu merci tu n'as rien.

Will et Luca entrèrent dans une des chambres de l'hôtel, où étaient ouvertes tout un tas de valises.

— Je t'attends dehors, dit le vieil homme. Cherche des habits qui t'aillent, OK ?

Luca ne prit pas la peine de demander à qui appartenait le contenu des bagages. À des gens qui avaient disparu. Comme sa famille.

Il trouva un jean, un tee-shirt rouge, des sous-vêtements, des chaussettes et des chaussures de sport presque à sa taille. En se déshabillant, il découvrit qu'il avait à présent du poil à certains endroits… Son nouveau corps lui inspirait de la curiosité mais aussi de l'embarras, comme s'il épiait quelqu'un d'autre. Alors il se dépêcha de s'habiller, pour ne pas avoir à se regarder en détail.

Il aurait voulu parler à Will seul à seul, mais quand il ressortit dans le couloir, ce dernier avait déjà regagné le hall. Luca alla retrouver le petit groupe, tout timide et tout gêné ; ils ne le dévisageaient pas, mais lui jetaient des regards à la dérobée quand il avait le dos tourné, comme s'ils s'efforçaient de comprendre comment il avait bien pu réaliser un tel tour.

On voyait bien que Mary et Paola avaient envie d'être seules. Alors Jimmy et Will se dirigèrent vers le bar tandis que John et Desmond allaient rejoindre leurs postes. Luca se retrouva tout seul dans le hall, à regarder ses pieds et éviter les miroirs. Où pouvait bien être Dog Vador ? Il repéra enfin le chien : il dormait roulé en boule devant la porte d'entrée principale. Le voyage et les aventures de ces derniers jours avaient dû le fatiguer.

J'aurais bien besoin d'un ami, pourtant.

Il repensa à ses meilleurs copains, ceux d'avant. Scott, Omar et Billy. Ses parents lui manquaient tellement qu'il avait à peine pensé à ces trois-là. Est-ce qu'ils avaient disparu aussi ? Ou alors, ils cherchaient leurs parents partout. Il espéra qu'il ne leur était rien arrivé. En imaginant la réaction d'Omar face à sa nouvelle apparence, Luca ne put s'empêcher de rire. C'était le plus âgé des quatre – il avait six mois de plus ! – et il ne se faisait pas prier pour le leur rappeler en toute circonstance. Il se comportait également comme s'il avait des années de plus qu'eux trois, et donc bien plus d'expérience. Il arrivait que d'autres gamins lui cherchent des noises à cause de ça, mais Luca s'en moquait. Omar était comme ça, voilà tout. Et quoi qu'il arrive, il serait toujours son ami.

Luca alla se tenir devant un présentoir plein de brochures qu'il entreprit d'extraire une à une, en commençant par le coin supérieur gauche et en sautant les doublons, jusqu'à la vingt-troisième, en bas à droite.

Puis il alla s'asseoir dans un fauteuil avec sa pile de brochures en espérant que la lecture chasserait les araignées tristes. Elles vantaient toutes des sites naturels ou autres attractions locales ; ça avait l'air drôlement chouette et les photos étaient jolies, surtout celles du grand huit de Six Flags. Mais rien de tout cela ne fit partir les araignées. Sa famille lui manquait cruellement, et il repensait sans arrêt au fait que maintenant, les gens avaient peur de lui.

J'aimerais bien savoir s'ils pensent vraiment ce que je crois, mais je ne sais pas très bien faire la différence entre mes pensées et les leurs. Ça me paraît dispossible *de les entendre penser ! Même si Will dit que ça se peut très bien.*

Au moment où il se demandait si les araignées tristes emplissaient tout l'hôtel, il entendit derrière lui la voix de Jimmy.

— Alors, petit homme, ça va ?

— Ça va.

— Je vois bien que non, rétorqua l'autre en secouant la tête. Allez, dis-moi ce qu'il y a.

— J'ai voulu me rendre utile, mais j'ai peur d'avoir aggravé la situation.

— Ne dis pas de bêtises.

Jimmy se laissa tomber dans un grand fauteuil à côté de Luca.

— C'est juste qu'on commence à peine à s'habituer à voir des tas de trucs bizarres dans tout ce bor… ce bazar. Des trucs qu'on n'a pas l'habitude de voir. Et reconnais que c'était quand même vachement bizarre, ce qui s'est passé, non ? Tu y comprends quelque chose, toi ? fit-il en se penchant vers Luca.

Celui-ci fit signe que non.

— Bah, quelle importance, de toute façon. Dis donc, si on jouait à quelque chose ?

— Oh oui ! Qu'est-ce que tu as comme jeux ? Il y a une Wii ici ?

— Si seulement ! s'exclama Jimmy en riant. Je préférerais une PS3 et *Uncharted 2* mais je me contenterais d'une Wii ! Et même d'une DS, tiens ! J'ai bien trouvé une PSP, mais ses batteries ont rendu l'âme le premier jour. Enfin, je croyais que c'étaient ses batteries, mais en fait, toutes celles que j'ai essayées étaient mortes aussi, alors c'était peut-être la PSP qui était fout… fichue. Donc, non, pas de jeux vidéo. Par contre, j'ai trouvé un jeu de Uno. Ça te dit ?

Justement, Luca adorait le Uno.

— Oh oui !

— J'arrive tout de suite, lui dit Jimmy.

Il revint au bout de deux minutes avec un jeu de cartes ; Luca n'en avait jamais vu d'aussi épais.

— Pourquoi il y en a autant ? interrogea-t-il.

— J'en ai trouvé quatre dans l'hôtel. C'était pour que les enfants se tiennent tranquilles, je suppose. Je les ai mis tous ensemble pour faire un super-jeu de Uno. C'est plus marrant comme ça.

Luca opina.

— Bon, alors je n'y ai pas joué depuis longtemps, OK ? Alors ne sois pas trop dur avec moi !

— Promis ! fit Luca en riant.

Jimmy distribua deux tas de sept cartes et en profita pour examiner rapidement le hall. Will, John et Desmond étaient côté entrée, et Mary au bar. Paola venait vers eux.

— Bonjour, fit-elle. Je m'appelle Paola.

— Ravi de faire ta connaissance, répondit Luca.

Elle lui serra la main, puis prit place en face de lui, à côté de Jimmy.

— Je peux jouer ?

— Bien sûr, acquiesça Jimmy en entassant sept cartes de plus.

— Pourquoi toutes ces cartes ? demanda-t-elle en indiquant le quadruple jeu.

— C'est mon super-jeu. Je trouve que c'est beaucoup plus amusant comme ça.

Jimmy et Luca échangèrent un sourire.

La première manche ne dura pas plus de trois minutes et demie. Paola avait tiré d'excellentes cartes. Les deux autres n'avaient pas l'ombre d'une chance.

— Si vous voyiez ma main, lâcha Jimmy en contemplant ses cartes. C'est pas le pied !

Paola rit.

— Tu avais raison. C'est *beaucoup* plus amusant, ce super-jeu.

Il ramassa les cartes, les battit et les remit dans ledit super-jeu avant d'en prélever trois fois sept sur le dessus.

— Comment tu te sens ? demanda-t-il à la petite fille.

— Bien. Un peu bizarre, mais ça va.

— C'est drôlement bizarre, en effet, de disparaître comme ça puis de tomber dans un semi-coma.

Jimmy déploya son jeu devant son visage et hocha la tête d'un air satisfait.

— À toi, dit-il à Paola.

— Je ne me souviens de rien, déclara celle-ci en posant un 4 rouge sur le 1 rouge. Je devrais, je sais, mais... Je sais qu'il s'est passé quelque chose d'important, mais je n'arrive pas à mettre le doigt dessus.

— Et vlan ! s'écria Jimmy en posant un « + 2 » rouge.

Luca piocha deux cartes et dit :

— Tu as vraiment *tout* oublié ?

Paola abattit un « + 2 » vert sur le rouge posé par Jimmy, puis tira la langue et se tourna vers Luca.

— Oui, presque. Je me souviens vaguement de m'être réveillée et d'être allée dans les cuisines. Puis plus rien.

— Tu poussais de drôles de gémissements en dormant, commenta Jimmy en piochant deux cartes à son tour.

Luca posa un 6 vert.

— Tu ne te souviens pas de moi ?

Paola blêmit, puis vira au rouge pivoine. Elle opina.

— Si. On faisait de la balançoire. Mais tu étais plus petit.

Luca hocha la tête à son tour.

— Tu m'as tirée de là, c'est ça ? reprit-elle.

Nouveau signe d'assentiment.

— Je crois, oui, mais je ne sais pas comment.

Jimmy les regardait tour à tour en secouant la tête.

— On se croirait dans *Inception* mais en 4D !

— C'est pour ça que tout le monde a peur de moi, je crois, reprit Luca.

— Mais non, ils n'ont pas peur de toi ! s'étonna Paola. Si ? demanda-t-elle en regardant Jimmy.

— On n'ira pas jusqu'à se déguiser en Luca pour Halloween, plaisanta-t-il, mais disons qu'il s'est quand même passé des trucs de dingues pendant que tu roupillais. Le grand garçon que tu vois là nous a fait un joli numéro de magie.

Luca, lui, aurait préféré qu'on joue aux cartes sans parler de ce qui était arrivé.

— Figure-toi qu'en arrivant ici il y a une demi-heure, notre super-Luca était haut comme trois pommes.

— Je ne comprends pas, fit Paola.

— J'ai huit ans, intervint l'intéressé.

La petite fille secoua la tête et posa son 3 vert.

— Qu'est-ce que tu racontes ? Tu es plus grand que moi.

— Et moi, dit Jimmy en posant une carte « Passe ton tour » sur le dessus de la pile, je te répète qu'il y a encore une demi-heure, c'était un bout de chou.

— Uno ! s'écria Luca en posant un 1 vert sur le « Passe ton tour ». Et si on parlait d'autre chose ?

— Écoute, il ne faut pas que tu dramatises ce qui t'est arrivé. D'accord, on n'y comprend rien ; n'empêche que tu es capable de faire des trucs trop cool et pas nous. Sérieux, moi je serais super content si on me vieillissait de cinq ans d'un coup. Et de toute façon, tôt ou tard, ça nous arrive à tous d'être mal à l'aise. C'est comme ça qu'on finit un jour par avoir confiance en soi, à force. En trouvant la parade. Et vu la population mondiale actuelle, tu dois être le môme le plus sûr de lui de toute la planète. Moi, ça m'est arrivé des milliards de fois de plus savoir où me mettre. Tu veux que je te raconte la fois où le prof de maths m'a obligé à expliquer devant tout le monde pourquoi j'étais resté si longtemps aux chiottes ? Quel con ! Bon, d'accord, en plus d'être un sale type de naissance, il se vengeait parce que j'avais été insolent avec lui, mais là, j'avais la chia…, une sacrée envie – il m'a fallu vingt minutes et tout le rouleau de PQ !

— Épargne-nous les détails, intervint Paola.

— OK. J'avais levé le doigt plein de fois et il refusait de me laisser sortir. Mais moi, ça urgeait ! Alors quand il nous a écrit un problème au tableau, je suis allé lui dire à l'oreille qu'il fallait vraiment que j'y aille. Je devais lâcher les chiens, et ça pouvait pas attendre l'heure du déjeuner !

— Tu le lui as dit comme ça ? s'enquit Paola.

— Mais non, j'ai dû faire un sous-entendu. Bref, quand je suis revenu il m'a harcelé, et il a fait semblant de ne pas comprendre ce que je lui répondais, rien que pour m'humilier devant toute la classe ! Ils étaient tous morts de rire. Y compris une fille qui me plaisait vraiment, vraiment beaucoup. Je n'ai plus jamais pu la regarder en face, après ça.

— Mais pourquoi ? demanda Paola en jouant un 4 bleu. Tout le monde va aux toilettes.

— Ouais, mais tout le monde n'est pas la risée de sa classe. Ils se sont foutus de moi jusqu'à la fin de l'année, et même pendant l'été, avec cette histoire. « La Colique », ils m'appelaient. Ça s'est arrêté seulement quand je suis passé au lycée, et encore – je me suis débrouillé pour faire une connerie qui m'a valu un autre surnom, acheva-t-il en jouant un 2 bleu.

— Lequel ?

— Ah non, ça, je ne peux pas le dire devant les enfants…

— Uno ! s'exclama à nouveau Luca en posant un « + 4 ».

Paola fit semblant de râler, mais sans réussir à dissimuler son sourire. Puis elle piocha quatre cartes et désigna du geste sa mère, qui était en grande discussion avec Will au bar.

— De quoi ils parlent, à votre avis ?

Jimmy regarda Luca et la carte qu'il tenait à hauteur de menton, fit mine d'en piocher une, puis reporta son attention sur son jeu pour en extraire un autre 2 bleu et le poser sur le tas.

— Je ne sais pas, répondit-il enfin. Ils doivent chercher un moyen de sortir d'ici et se demander où aller après. Le genre de sujets sur lesquels on ne nous demande pas notre avis, à nous. Et toi, qu'est-ce que tu en penses ?

Paola dévisagea sa mère de loin, puis Will.

— Je crois qu'ils parlent de moi. Will sait quelque chose, et ma mère refuse d'y croire.

Luca abattit sa dernière carte et sourit. Les deux autres ne pouvaient pas voir ses araignées tristes ; et ils l'ignoraient aussi, mais ce que supposait Paola était vrai. Luca, lui, savait ce que Will savait : une autre chose très grave se préparait. Mais contrairement à Will, il ne savait pas de quoi il s'agissait.

5

Mary Olson

Les plans qu'ils avaient échafaudés tant bien que mal pour quitter le Drury Inn furent réduits à néant par la soudaine multiplication des créatures. Sur le conseil de Will, ils jugèrent préférable d'attendre. Mais attendre quoi, ça, ils ne le savaient pas… Will préconisait de prendre patience jusqu'au matin. Ils lui demandèrent pourquoi, mais il se borna à évoquer un pressentiment. John disait au contraire que la situation ne pouvait qu'empirer, qu'il fallait partir tout de suite, comme prévu. Mais Desmond déclara que si Will et Luca avaient fait tout ce chemin pour venir sauver une jeune fille qu'ils ne connaissaient même pas, qu'ils n'avaient vue qu'en rêve, il y avait sûrement une raison, même s'ils ne la comprenaient pas. John en fut contrarié, mais comme les autres étaient tous d'accord, il ravala – temporairement – ses protestations.

Les aliens avaient laissé entrer Will et Luca, mais rien ne disait qu'ils les laisseraient ressortir ; on ne pouvait pas prendre le risque. Ils semblaient de plus en plus enragés. Leurs cris étaient plus sonores, leurs cliquetis plus fréquents. Et à l'occasion, quand l'un des survivants passait devant une fenêtre, les créatures faisaient entendre un feulement.

Puisqu'ils étaient momentanément immobilisés, Mary et les autres décidèrent de tuer le temps et d'apprendre à connaître leurs nouveaux compagnons.

La jeune femme se servit une boisson gazeuse au bar en regardant sa fille jouer aux cartes avec les deux garçons. Elle avait le sourire, comme si elle avait mis entre parenthèses les horreurs qu'ils venaient tous de vivre. De temps en temps, un rire circulait même de l'un à l'autre des joueurs. Rien ne venait rappeler que, quelques heures plus tôt, Paola était encore au seuil de la mort.

Elle en avait réchappé. Mais il s'était passé *quelque chose.*

La petite ne se rappelait pas grand-chose, à part que son père l'avait appelée dans son sommeil pour l'attirer hors de l'hôtel, sauf que ce n'était pas tout à fait son père. Elle avait eu l'impression de rêver tout en sachant que ce n'était pas le cas. Elle disait aussi que quelque chose s'était emparé d'elle. Elle en était sûre, et de toute façon Mary le sentait aussi. Cette chose avait envahi l'âme de sa fille et si, cette fois, Luca l'avait sauvée, on ne pouvait pas jurer que ça ne se reproduirait pas. Ni que tout danger avait disparu. Quoi qu'il en soit, quand on avait vu ne serait-ce qu'une seule fois son enfant en proie à une telle menace, surtout à ce point entourée de mystère, on ne pouvait plus jamais se sentir tout à fait en sécurité.

Le rire de Paola résonnait dans toute la pièce ; une musique enchanteresse que Mary avait craint de ne plus jamais entendre… Elle prit plaisir à voir la petite s'amuser tandis que Jimmy étalait sa personnalité tapageuse. Au naturel, ce gamin était un vrai moulin à paroles, mais depuis quelques jours, au vu des épreuves qu'ils avaient traversées, il s'était un peu renfermé. À présent il retrouvait son rythme habituel, et ça faisait plaisir à voir. Le petit groupe de survivants avait bien besoin d'un peu d'humour.

Mary s'en voulait d'être aussi méfiante à l'égard de Luca. Mais elle ne pouvait pas s'en empêcher. Il était en quelque sorte tombé du ciel, et comme ça, sans un mot ou presque, il avait secouru sa fille. Elle aurait dû n'éprouver *que* de la gratitude. D'ailleurs, elle était sincèrement reconnaissante ; mais ça n'apaisait pas pour autant ses craintes, la certitude qui couvait en elle. L'intuition qui lui soufflait qu'il y avait chez ce garçon quelque chose d'horriblement anormal. Et pas seulement le fait qu'il ait brusquement vieilli de cinq ans. Ça, c'était déjà plus bizarre que n'importe quelle invention romanesque de Dean Koontz ; mais à la rigueur, elle pouvait l'accepter. La vie ne faisait pas de cadeau, elle le savait pertinemment ; alors tel était peut-être le prix à payer pour sauver Paola. Et c'était un miracle que Luca ait bien voulu s'y plier. Mary aurait dû s'en satisfaire. Mais elle n'y arrivait pas.

Son instinct le lui disait, quelque chose n'allait pas. Mais alors *pas du tout.*

— Je peux me joindre à vous ? s'enquit Will en s'asseyant près d'elle.

— Je vous en prie.

— Vous devez trouver le temps long, fit-il en souriant.

— En effet.

Le sourire du vieil homme était contagieux. Il irradiait la chaleur humaine. Il était indomptable, mais d'une grande gentillesse, ça se voyait. À ses côtés, on se sentait à l'abri.

— J'imagine que vous avez hâte de partir d'ici, reprit-il.

— Ça oui. Je ne pense même plus à ce qui pourrait arriver. Je veux juste que ça arrive ailleurs qu'ici.

— D'où êtes-vous, au fait ?

— D'ici, l'État du Missouri. Et vous ?

— De n'importe où, partout où il y a des gens intéressants. Mais dès que je m'ennuie, je m'en vais !

Mary changea de sujet. Il y avait une question qu'elle voulait lui poser depuis qu'il avait fait son apparition avec Luca.

— Vous dites que vous nous avez vues en rêve. Mais qu'est-ce qui se passait, dans ces rêves ? Comment avez-vous su que vous pouviez vous y fier ?

Will prit tout à coup l'air timide.

— Je ne peux pas vraiment répondre à cette question. Pour faire court, chaque fois que je révèle aux gens ce que je vois en rêve, ça finit mal. Je me contente d'essayer de les aider dans la mesure de mes possibilités, ça vaut mieux.

— Mais vous pouvez bien me raconter ce que vous avez vu à propos de Paola, non ? Puisque c'est derrière nous maintenant.

— J'aimerais bien. Mais dans ce cas précis, les détails étaient vagues. Ce n'est même pas que je ne veuille pas vous en parler. Simplement, cette fois il ne s'agissait que de pressentiments.

— De quelle nature ? insista Mary en s'avançant si près du bord de son siège qu'au moindre déséquilibre elle risquait d'en tomber.

— Quelque chose de néfaste est entré en elle. Une chose encore plus malfaisante que tout ce qui est arrivé ces derniers jours. Mais j'ai également senti que Luca pouvait l'aider.

Mary le dévisagea, puis reporta son regard sur le jeune garçon. Elle ne savait pas très bien quoi dire.

— Luca est un chouette gamin, Mary. Très chouette, même. Il s'est meurtri l'âme pour sauver Paola, et il en garde une cicatrice. Momentanément. Vous ne savez pas très bien quoi penser de ce qui s'est passé, n'est-ce pas ?

Gênée, Mary baissa les yeux.

— Je ne sais pas pourquoi, fit-elle, mais j'ai l'impression que quelque chose cloche dans tout ça, et j'en ai honte.

Elle releva la tête. Une larme coulait sur sa joue.

— Je sais ce qu'il a fait pour elle, et pour moi, mais il y a aussi quelque chose de terriblement *monstrueux* dans cette histoire.

— Essayez de voir les choses autrement, conseilla Will en se penchant vers elle. Ce qui s'est passé entre Luca et Paola lui a sauvé la vie, non ?

Mary acquiesça.

— Donc, s'il y a eu quelque chose de terrifiant en elle et que cette chose n'y est plus, c'est que Luca l'a enlevée, non ? Et à votre avis, où est-elle partie ?

Mary lâcha un hoquet étranglé.

— Vous voulez dire que maintenant elle est en lui ? Mais c'est affreux !

— Je crois que c'est pour ça que vous sentez quelque chose de maléfique chez lui. Mais il s'en sortira, croyez-moi. Il finira par l'assimiler. Sinon, nous ne serions pas ici en ce moment. Dans un rien de temps il n'y paraîtra plus. Alors vous verrez les choses du même œil que moi, et vous me direz que j'avais raison.

Il lui lança un clin d'œil. Elle lui sourit.

— J'ai tellement de mal à y croire... Vous-même, comment savez-vous toutes ces choses ? Pourquoi avez-vous fait tout ce chemin sur la seule foi de vos rêves ?

— Je n'avais aucune certitude. Cela dit, j'ai quand même tendance à voir des choses que les autres gens ne perçoivent pas. En général, ils ont une vision assez étroite. Ça ne les aide pas à accepter les phénomènes tels que celui-ci. Pourtant, si on envisage d'autres possibilités, tout ce qui nous est encore inconnu, et si on fait preuve d'ouverture d'esprit, curieusement, on a moins de mal à appréhender les événements étranges. Les rêves ordinaires sont-ils vraiment plus crédibles que tout ce qui nous arrive en ce moment ? fit-il avec un geste en direction du parking et des abominations qui y étaient tapies.

— Non, au contraire.

Elle resta un instant silencieuse, puis :

— Et sur le fait que Luca ait grandi d'un coup, vous avez une hypothèse ?

— Oh, ça, des hypothèses, j'en ai, répondit-il en se grattant la tête. Vous voulez laquelle ? Il y en a une qui ne vous plaira pas, une qui vous déplaira encore plus, et une troisième qui ne vous dérangera pas le moins du monde et qui, à mon sens, est aussi la plus plausible.

— Allons-y pour la troisième, alors, suggéra Mary avec un sourire mal assuré.

— Vous avez déjà entendu parler de la progéria ?

— Pas vraiment. Enfin, je crois avoir vu une émission de télé là-dessus, mais je n'en sais pas assez pour en parler sans me rendre ridicule.

— C'est une maladie génétique, une mutation assez souvent héréditaire. Les enfants qui en sont victimes vivent rarement plus de quinze ans, vingt ans tout au plus, et dans une souffrance quasi permanente. C'est un syndrome rare, qui frappe aussi bien les garçons que les filles, sans distinction de groupe ethnique. Il existe d'autres maladies qui accélèrent le vieillissement, mais dues à une anomalie de l'ADN, tandis que la progéria, je vous l'ai dit, est due à une *mutation*. Vous me suivez ?

Mary opina.

— Chez les enfants souffrant de progéria, les symptômes se manifestent vers un an et demi ou deux ans. Ce sont ceux qu'on voit à la télé, avec leur crâne chauve, leur peau ridée, leurs os fragiles. Même les dents sont atteintes – elles sortent à peine, ou sont carrément absentes. Ça ne ressemble pas à Luca, vous êtes d'accord ?

— Pas du tout, non.

— Si la progéria est due à la mutation d'un gène et les autres syndromes à un ADN défectueux, et que

Luca n'entre dans aucune de ces deux catégories, où se situe le problème, selon vous ?

Mais Mary n'eut pas le loisir de répondre. Tout près d'eux, John s'éclaircit la voix et plaça :

— Ça dégénère, là-dehors. Desmond surveille les aliens et ça sent mauvais. Ils sont de plus en plus nombreux et, apparemment, plus rapides et plus malins. Ils ouvrent les portières des voitures qui ne sont pas fermées à clef et montent dedans. Desmond s'inquiète pour le fourgon, mais continue à penser qu'il vaut mieux attendre demain matin pour partir. J'en suis moins convaincu. J'ai pensé qu'on pourrait se servir de votre hélico, reprit-il en se tournant vers Will. Vous pourriez nous emmener à l'aéroport en plusieurs fois. On y trouverait peut-être un avion. Qu'en pensez-vous ?

— Ce n'est pas une bonne idée. Il ne faut pas nous séparer, expliqua Will avec un sourire conciliant. À mon avis, dès qu'on sera prêts, il faudra lever le camp tous ensemble. Et de toute manière, il ne suffit pas de choisir un avion et de le faire décoller ; si vous saviez le boulot que ça représente de trouver le bon zinc, de faire le plein, de vérifier que tout marche… Plus de techniciens au sol ! Il faut tout faire soi-même. Les préparatifs m'ont pris un temps fou, pour venir jusqu'ici. En plus, à nous tous on est lourds à transporter. Bien sûr, à l'aéroport on trouverait pléthore d'avions ; mais il vaut peut-être mieux rester au sol, au moins jusqu'à ce qu'on sache où on va. Bref, je ne suis pas pour, conclut Will. Mais évidemment, si c'est la solution qui est retenue, je vous y emmènerai, acheva-t-il avec un haussement d'épaules. En toute sécurité.

— Vous n'avez pas l'air tellement inquiet, remarqua John d'un ton légèrement accusateur qui agaça Mary mais ne parut pas affecter Will. Vous vous fiez toujours à votre fameux pressentiment ?

— Pour le moment, c'est tout ce dont je dispose. Et si vous voulez savoir, eh bien non, je ne suis pas vraiment inquiet. Évidemment, je ne nie pas qu'un cauchemar nous attend ; mais il ne se balade pas sur un parking de Drury Inn. Du moins pas encore.

John le regarda fixement, comme s'il se demandait s'il avait affaire à un débile ou à un fou.

— On peut savoir de quoi vous parlez ?

— Ces créatures, là-dehors, ont plus peur de vous que vous d'elles.

— N'importe quoi !

Mary se demanda combien de temps Will resterait poli face à l'agressivité croissante de John.

— Vous êtes libre de croire ce que vous voulez, répondit Will avec un nouveau haussement d'épaules. Mais ces « aliens », comme vous dites, ne sont que des enfants. Ils vont grandir et devenir méchants, comme nous tous ou presque, mais pour l'instant il faut les laisser tranquilles et filer d'ici au moment précis où ça nous paraîtra judicieux. Je vous signale qu'ils n'ont pas encore lancé l'assaut, et que visiblement, ils ne s'organisent pas non plus dans cette perspective. Vous êtes d'accord ?

— On sera en danger tant qu'on restera ici, et on dirait que le bon sens a fichu le camp en même temps que la population de la planète.

John tourna les talons et regagna son poste devant la porte d'entrée. Derrière le bar, Dog Vador se mit à aboyer.

— Vous voyez ? fit Will avec un regard complice. Même Dog Vador est d'accord.

— Votre chien s'appelle Dog Vador ?

— C'est le chien de Luca. C'est lui qui lui a donné ce nom.

— Ah ? Bon, où en étions-nous ? Ah oui, vous me racontiez une histoire ennuyeuse à mourir où il était question d'ADN et de mutations génétiques ; et tout à coup, vous avez dit qu'il s'agissait de tout autre chose.

— C'est ça ! confirma Will en riant. Et il s'agit en effet d'autre chose. Il n'empêche que le vieillissement accéléré est reconnu par la science et je voulais vous l'exposer pour, ensuite, définir précisément ce que la science ne sait pas. Je ne pense pas que, chez Luca, le vieillissement ait un quelconque rapport avec l'ADN, ni qu'il ait subi une mutation génétique. Pour moi, tout se passe là-dedans, dit-il en se tapotant la tempe.

— C'est-à-dire ?

— Vous avez entendu parler de la légende urbaine selon laquelle si on meurt en rêve on meurt aussi dans la vraie vie ?

— Ça me dit quelque chose, en effet. Mais il n'y a rien de vrai là-dedans… *Si ?*

— Non, rien du tout. Mais ce mythe relève d'une certaine logique, parce que le mental commande à tout le reste. Si on croit très fort à telle ou telle chose, à force de volonté on finit par faire en sorte qu'elle arrive. Par exemple, quand on ne veut surtout pas tomber malade avant un événement important, ça ne rate jamais : la veille, on déclare un rhume. On ne s'est pas arrangé pour tomber malade sans le vouloir, bien au contraire. Par contre, on a réuni les conditions pour attraper froid, on a activé certaines parties de son corps, on en a désactivé d'autres, et tout un tas de trucs dont on n'a même pas conscience. Ça ne veut pas dire qu'on peut réaliser des miracles, comme le prétendent les charlatans ; n'empêche que le cerveau est *vraiment* d'une puissance et d'une complexité stupéfiantes. Et la science a beau avoir fait d'énormes progrès, dans ce domaine la recherche en est encore au Moyen Âge. En plus, c'est triste à dire mais après ce qui s'est passé, elle vient sans doute de prendre encore un siècle de retard, voire plus.

— Vous sous-entendez donc que Luca a *voulu* vieillir de cinq ans ?

— Ma foi, si vous tenez absolument à réduire mon hypothèse à une seule phrase simpliste, oui, c'est ça. Notre organisme est capable de tas de choses que nous ne soupçonnons même pas. Malheureusement, on ne s'en rend compte que par accident et dans des circonstances dramatiques, comme quand la peau se transforme en os ou que les enfants grandissent plus vite que le temps ne s'écoule. Tout ce que je dis, c'est que nous avons en nous des déclencheurs et des caractéristiques que nous n'avons pas encore découverts. Et la chose qui est entrée en Paola puis en Luca a peut-être actionné un de ces déclics.

Desmond se matérialisa à leurs côtés, essoufflé et le front en sueur.

— Je vous dérange ?

— Pas du tout, on joue à deviner ce qui se passe, l'informa Mary en échangeant un sourire avec Will. Et donc, qu'est-ce qu'il en est ?

— Eh bien… C'est sûr maintenant : les aliens sont plus… sûrs d'eux, et plus le temps passe, apparemment, plus ils sont nombreux et énergiques. John ne tient plus en place, ajouta-t-il avec un geste nerveux en direction de l'entrée. Il veut qu'on s'en aille tout de suite. Et je le comprends. La situation n'est pas brillante. Pourtant, je continue à penser qu'il faut rester. Et vous, Will ? Que vous conseille votre instinct ?

— J'en reste à l'idée d'attendre jusqu'à demain matin. Si tout le monde décide de partir maintenant, je ne m'y opposerai pas, mais sincèrement je ne crois pas que ces machins répugnants représentent une réelle menace.

— Ah bon ? fit Desmond en haussant les sourcils.

— Je pense qu'ils deviendront dangereux, et dans peu de temps, mais on n'y est pas encore. De plus, s'ils sont moins nombreux et moins rapides le matin, comme vous semblez le dire, il faut en profiter. Une nuit de plus à dormir dans un bon lit, ça ne fera pas grande différence ; et au final, c'est peut-être ce qui nous sauvera la vie.

— Comment pouvez-vous en être sûr ? voulut savoir Desmond, dont le ton exprimait la curiosité, comme toujours, et non l'agressivité, nota Mary.

— Je n'ai jamais prétendu avoir de certitude ; disons que c'est une intuition. Mary sait ce que je veux dire par là.

— Allons bon, voilà qu'ils sont deux, maintenant ! plaisanta Desmond en levant les bras au ciel. Je propose qu'on se couche tôt et qu'on se repose. On lèvera le camp à la première heure, ça vous va ?

— Très bien, dit Mary.

Will se contenta d'acquiescer.

Desmond salua, puis partit rejoindre John.

— On va être interrompus encore combien de fois comme ça, à votre avis ? soupira Mary.

— Douze, ironisa Will.

— Donc… si Luca peut se vieillir de cinq ans d'un coup, est-ce qu'il peut aussi se rajeunir ?

— Non, je ne pense pas. Prendre de l'âge, c'est naturel. Il a juste accéléré le processus. L'inverse n'aurait rien de naturel. Je ne dis pas que c'est impossible ; mettons, hautement improbable.

Mary prit le temps d'assimiler ces paroles, puis changea de sujet et désigna les joueurs de Uno.

— Vous croyez qu'ils s'amusent bien ?

— Ma foi, c'est fait pour ça, les cartes, non ?

— On voit bien que vous n'avez pas d'enfants, répliqua-t-elle en levant les yeux au plafond. De nos jours, même avec une PS3 au milieu d'une fabrique de bonbons, ils peuvent avoir l'air de mourir d'ennui.

— Ah oui, le syndrome « jamais contents ».

— C'est tout à fait ça. Cela dit, ils ont l'air heureux.

— Tant mieux, non ?

— Bien sûr. C'est juste que… ça ne me paraît pas normal. Comment font-ils pour rire comme ça, avec tout ce qui se passe ?

— Mary, vous ne pensez pas ce que vous dites. Vous-même, vous n'avez trouvé aucune raison de sourire, d'espérer, ces derniers jours ? Je n'en crois rien. Et je n'ai pas besoin pour cela d'entrer dans vos rêves. Il me suffit de voir votre visage s'éclairer chaque fois que ce bon Desmond ouvre la bouche.

— Même pas vrai ! dit Mary en réprimant un sourire.

— Comme vous voudrez ! Mais c'est justement ça, la beauté de la condition humaine. Nous sommes toujours capables de voir le printemps au bout de l'hiver, si nous voulons bien nous en donner la peine.

Will se recula dans son siège. Mary, elle, se laissa aller dans son fauteuil, tout enveloppée par la chaleur humaine que dégageait le vieil homme. Peut-être disait-il juste, à propos de Luca ; elle devait cesser de s'en faire à ce sujet. Pourtant, une nouvelle conviction intime venait de naître en elle, qui commençait tout juste à affleurer. Une graine qui germait entre les mots que Will avait prononcés. Dans ce qu'il ne *disait pas*.

Au fond d'elle-même, elle entendait ce que suggéraient ses silences ; et cette vérité était terrifiante.

6

Brent Foster

16 octobre, 14 h 14.
Sur les quais d'East Hampton, New York.

Ils mirent presque cinq heures à rejoindre les quais car ils s'arrêtèrent dans un dispensaire pour panser le bras de Luis, puis s'approvisionner en médicaments et en matériel médical de première urgence. Ensuite ils furent arrêtés par une mer de voitures arrêtées en travers de la route ; le pont étant inaccessible, Brent dut descendre de la BMW pour déplacer une dizaine de véhicules. Ils avaient tous les clefs sur le contact, mais la plupart étant en panne d'essence, ou bien en panne tout court, il fallut les pousser.

Heureusement, ils ne rencontrèrent pas de créatures.

Le brouillard s'étant épaissi et assombri, la visibilité était plus mauvaise qu'en ville, et la côte paraissait encore plus fantomatique, de par l'absence de gratte-ciel dépassant de la brume. Brent s'était un peu attendu à trouver un attroupement sur le quai, ou au moins les voitures des gens qui avaient déjà pris le ferry ; mais ils ne virent rien de tout cela.

À la place, un grand écriteau en carton jaune annonçant en grosses lettres noires :

REPRISE DU SERVICE DEMAIN À 8 H 00

— Comment ça ? Je croyais que le bateau faisait des allers et retours jusqu'à la nuit ! Il va falloir qu'on se trouve une planque, maintenant.

Ils avaient l'embarras du choix, et dans le haut de gamme. Ils prirent leurs fourre-tout et se dirigèrent à travers champs vers une maison dont le prix devait dépasser tout ce que Brent aurait pu gagner dans sa vie.

— Y a quelqu'un ? lança Luis en frappant à la porte.

Pas de réponse. Il tourna la poignée, mais c'était fermé à clef. Par chance, une fenêtre était restée ouverte. Ils entrèrent comme des voleurs.

L'intérieur les déçut. À en juger par les photos, les propriétaires étaient un couple âgé. Manifestement, ils n'avaient pas refait la décoration depuis l'élection de Clinton, voire de Bush père. La seule nouveauté – qui se détachait fièrement sur fond de mobilier daté et de peintures défraîchies –, c'était un grand téléviseur à écran plat.

— OK, et si je m'installais ici ? demanda Luis en regardant par la fenêtre.

Elle donnait sur les quais, et vu le brouillard, c'était sans doute le meilleur poste d'observation qu'ils puissent trouver.

— Oui, on n'a qu'à passer la nuit dans cette baraque, répondit Brent.

— Non, ce n'est pas ce que j'ai dit, rectifia Luis. Je t'ai demandé si *je* pouvais rester ici. Toi, tu devrais te trouver une autre maison, de préférence là où je ne saurai pas te retrouver.

— Qu'est-ce que tu racontes ?

— Ce machin m'a mordu. Je suis contaminé et je ne vais pas tarder à me transformer, comme Joe.

— Qu'est-ce qui te le prouve ? La créature ne l'a pas mordu, lui. Elle lui a... je ne sais pas... enfoncé les doigts dans le crâne. Elle y a laissé des marques. Toi, tu n'as pas de marques, à part la morsure.

— Ça peut encore venir, dit Luis en montrant son bras bandé. Si ça se trouve, c'est pas beau à voir, là-dessous. Non, je pense vraiment qu'on devrait se séparer, au cas où je virerais zombi.

— Non, pas question que je te laisse. C'est toi qui disais qu'on était dans la même galère, qu'il fallait se serrer les coudes, tu te souviens ? Et n'insiste pas, sinon je déchaîne encore sur toi toute ma *fureur journalistique*.

Souriant, Brent se mit à agiter les poings dans le vide comme un boxeur de vieux film muet, ce qui fit rire Luis.

Tandis que le monde s'enfonçait dans les ténèbres, ils restèrent dans le salon à boire des bières tièdes en écoutant le bruit des vagues. La brise marine s'engouffrait par les fenêtres de style colonial, qu'ils avaient laissées grandes ouvertes. Brent n'aimait pas particulièrement le bord de mer – un peu cher pour pas grand-chose. Mais dans cette atmosphère relaxante, il commençait à y prendre goût.

Il avait pris place dans un fauteuil affreux mais confortable, et Luis sur un canapé à carreaux encore plus laid, en admettant que la chose soit possible. Ils préféraient n'utiliser leurs torches qu'en cas de nécessité absolue, afin de ne pas se faire repérer par d'éventuels monstres embusqués le long de la côte. Ils mangèrent donc au clair de lune, qui emplissait le salon d'une douce lumière bleutée.

Ils avaient commencé par parler base-ball, puis la conversation était venue sur leurs pères respectifs. Luis avait perdu le sien – un fervent catholique – quand il était très jeune ; il avait donc été principalement élevé par sa mère et, contraint de devenir « l'homme de la maison », il avait dû veiller sur son jeune frère, Ricky, lui aussi disparu depuis longtemps.

Brent s'ouvrit encore une bière et raconta :

— Mon père à moi était ouvrier, le genre dur à cuire. Il était employé dans une aciérie et il détestait son boulot. Je l'avais deviné, mais lui ne voulait pas qu'on sache à quel point il se cassait le cul. À l'époque, j'étais trop bête pour comprendre qu'il bossait comme un fou. Je ne pensais qu'à m'éclater, je voulais qu'on se paie des choses dont on n'avait aucun besoin, et ainsi de suite. On habitait un quartier résidentiel, et je fréquentais des jeunes plutôt bon chic bon genre.

— Toi ? Tu rigoles ? s'esclaffa Luis.

— Non, j'avais des idées de grandeur. Je voulais être un écrivain célèbre. Je me voyais millionnaire à vingt-deux ans. Pas question de me casser le cul moi aussi pour me retrouver au chômage parce que ma boîte aurait délocalisé mon usine dans le tiers-monde. Fallait pas me prendre pour un con, moi. Je voulais être indépendant, tu vois le genre.

— Et ton père, qu'est-ce qu'il en pensait, de ton plan de carrière ?

— En fait, il ne voulait pas que je suive le même chemin que lui. Son boulot à la con, c'était tout ce qu'il avait pu trouver quand il était jeune. Alors il voulait que j'aie le choix, contrairement à lui. Que je fasse des études supérieures, que je fasse quelque chose de ma vie. Mais moi, quand j'étais au lycée, la fac était le cadet de mes soucis. Je voulais faire le con, m'amuser, enfin tu vois, quoi. En première, j'ai failli redoubler. Et puis un jour, il s'est passé un truc pendant que j'attendais ma mère, qui venait toujours me chercher au bahut. Je frimais devant des filles trop bien pour moi, et d'ailleurs, mon numéro de charme était assez réussi, je dois dire. Juste au moment où j'allais emballer une nana que je visais depuis deux ans, voilà mon père qui se pointe.

— Et alors ? Où est le problème ?

— Le problème, c'est qu'il se trimballait dans la plus pourrie de nos deux bagnoles. Un modèle super ringard… la honte absolue. Je ne savais plus où me mettre. Il ne fallait surtout pas que ces nanas sachent que j'étais pauvre et que mon père roulait dans ce genre de caisse. En plus, il descend de bagnole et je me rends compte qu'il est tout crado. La catastrophe. Heureusement, il ne m'a pas vu parce qu'on était restés sous une espèce de porche à côté de l'entrée principale. Alors j'ai dit aux filles qu'il fallait que j'aille aux toilettes, j'ai traversé tout le lycée en courant, je suis sorti par une porte latérale et j'ai fait comme si je rentrais à pied, par une route qu'il était sûr de prendre.

— Oh merde…

— Ouais. Au bout de dix minutes, il s'est effectivement arrêté à ma hauteur et il m'a ouvert la portière. Je suis monté et il m'a demandé pourquoi j'étais parti à pied. J'ai raconté je ne sais quel bobard – j'avais cru qu'on ne viendrait pas me chercher parce que j'étais sorti en retard, ce genre de trucs. Il m'a expliqué que la voiture de ma mère était en panne et qu'il avait pris sur son temps de travail pour venir me chercher. Puis il m'a rappelé qu'il était dangereux de marcher tout seul sur la route. Je me sentais drôlement merdeux. Comment pouvait-on avoir honte d'un père pareil ? Tout à coup, pendant qu'il conduisait, je l'ai regardé et… je l'ai vraiment vu pour la première fois tel qu'il était. Un type qui s'occupait de sa petite famille, qui ne faisait jamais rien de mal. Et j'ai compris par la même occasion que j'étais moi-même insignifiant et paresseux ; je me suis juré de ne plus perdre de temps et, dorénavant, de bûcher sérieusement.

— Eh ben dis donc… Sacrée histoire. Et alors, il a été fier de toi quand tu as décroché ton premier job ?

— Oui. J'ai été embauché par le journal local. Une feuille de chou tirée à 20 000 exemplaires, où j'ai commencé par tenir la rubrique nécrologique et autres chiens écrasés, pendant un an ; mais chaque fois qu'on se voyait, il y allait de son petit commentaire sur mes articles, même les plus insignifiants. C'était bizarre et flatteur en même temps.

— Super. Et quand tu as eu ton môme, comment il a réagi ?

— Il est mort d'un cancer du poumon – sans avoir jamais touché une clope – un mois avant la naissance de Ben, répondit Brent en refoulant ses larmes. Mais je sais qu'il était heureux de savoir qu'il allait être grand-père. Même malade, il allait tout le temps acheter des jouets pour le petit. C'est lui qui lui a offert ça, d'ailleurs, dit-il en exhibant le petit train en bois de telle manière que le clair de lune en illumine le grand sourire. Le jouet préféré de Ben, et de très loin.

— Et ta mère ?

— Elle au moins a eu le temps de connaître son petit-fils. Elle l'adorait. Elle en était gaga, comme toute bonne grand-mère. Mais elle a eu une attaque et elle est morte un an jour pour jour après mon père.

— C'est triste.

En contemplant le visage hilare du petit train, Brent s'interdit de fondre en larmes, même s'il n'en était pas loin.

— Alors c'est pour ça que tu bossais tout le temps et que tu ne voyais jamais ta femme et ton fils ? s'enquit Luis. Pour te prouver que tu étais un type bien comme ton père ? Un *bon* père ?

— Paradoxal, hein ?

— Tu peux le dire.

Ils se turent, et au bout d'un moment, Brent s'endormit dans son fauteuil.

Un moteur de voiture le réveilla au beau milieu de la nuit.

7

Luis Torres

16 octobre, 5 h 40.
East Hampton, New York.

Luis reprit conscience un peu avant Brent ; il avait entendu la voiture s'arrêter de l'autre côté de la rue, à deux emplacements de la sienne. Depuis, tous phares allumés, elle n'avait plus bougé. Luis attrapa une chaise, puis son fusil, et resta assis dans le noir, sans bouger. Aux aguets.

À cause du brouillard, on ne voyait pas grand-chose à part ses feux arrière, mais ça ressemblait à une Toyota.

— Qu'est-ce qu'ils font ? murmura Brent en bâillant.

Il vint s'asseoir à côté de Luis.

— Peut-être qu'ils attendent aussi le ferry.

— D'autres survivants ? Quelle idée de laisser les phares allumés ! Ils vont attirer l'attention sur eux.

— Ils n'ont peut-être pas rencontré les monstres, ou les extraterrestres – enfin bref. Les créatures, quoi.

— Tu crois qu'on devrait aller à leur rencontre ? Pour leur dire qu'il reste au moins deux personnes en plus d'eux et qu'il faut éteindre les phares ?

— Pas sûr. Ça peut dégénérer très vite si on s'approche dans le noir, même s'ils ne nous veulent pas de mal *a priori*. Il vaut mieux attendre. En plus, si ça se trouve ils se sont d'ores et déjà fait repérer. Je propose de rester là tant qu'on n'est pas obligés de sortir.

— Ça revient à s'en servir comme appâts pour les monstres, remarqua Brent.

— Pas délibérément, en tout cas. Mais en effet, c'est un bon moyen de savoir s'il y en a qui traînent dans le coin avant de mettre nous-mêmes le nez dehors.

— Mais on intervient si nécessaire, OK ?

— Ça dépend, plaisanta Luis. S'ils ont un autocollant des Red Sox sur le pare-brise arrière, ils peuvent crever.

— Quelle heure est-il ? demanda Brent en bâillant à nouveau.

Luis l'imita, puis consulta sa montre.

— Six heures moins vingt. Encore une heure avant le lever du soleil.

— Ça t'ennuie si je prends une douche ?

— Non, vas-y, mais emporte ton arme. Et si tu entends tirer, c'est que j'ai besoin de toi.

Brent fit une halte au pied de l'escalier.

— Et ton bras, ça va ?

— Ça me fait un mal de chien. Je regarderai en me douchant, tout à l'heure.

— Tu ne ressens rien d'anormal ?

— Tu veux savoir si je suis en train de me transformer en zombi, c'est ça ? Disons que je n'ai pas particulièrement envie de manger de la cervelle crue. Pour le moment.

Brent partit d'un rire un peu forcé, puis monta à l'étage, sa torche dans une main et son pistolet dans l'autre.

Luis reporta son attention sur la mystérieuse voiture en se demandant s'il devait prendre le risque d'aller voir de quoi il retournait. Il y avait un certain nombre d'inconnues, et il n'aimait pas ça. Notamment l'identité des passagers de cette voiture alors que, d'ici une heure, il allait falloir que Brent et lui rejoignent les quais. Une inconnue de taille.

— Putain, mais éteignez vos phares, les mecs ! fit-il tout bas avant de se lever pour se diriger vers la cuisine. Affamé, il avait envie de cochonneries genre sucreries, choses qu'il ne s'accordait que rarement du temps où le monde ne s'était pas encore débarrassé de toute sa population ou presque. Il trouva une boîte de barres de céréales dans le garde-manger, ainsi que du beurre de cacahuète aux pépites de chocolat. Des cochonneries, quoi. Il ôta le papier argenté entourant une barre et mordit dedans.

Miam ! La meilleure barre de céréales de ma vie !

Il l'engloutit en trois secondes, puis en attaqua une autre. Il alla prendre ensuite une bouteille d'eau dans le frigo ; le bac à légumes en contenait au moins vingt. Combien de temps le circuit de distribution d'eau pouvait-il fonctionner alors qu'il n'y avait plus personne pour s'assurer de la bonne marche des stations d'épuration ? Cela dit, les stocks d'eau minérale permettraient sûrement de tenir quelques centaines d'années… Luis n'avait jamais trouvé très sensé de payer pour boire de l'eau en bouteille, mais maintenant, il se réjouissait que d'autres aient été moins regardants que lui. Ils avaient créé une demande qui approvisionnerait les survivants pendant longtemps.

Évidemment, il espérait qu'on n'en arriverait pas là, qu'ils trouveraient un peu d'espoir auprès des gens de Black Island. Qu'on leur annoncerait que le phénomène était limité à un certain périmètre. Que le reste du monde était bien vivant et que ses propres rêves prémonitoires, comme ceux des autres membres du « Club 2 h 15 », n'étaient qu'une bizarre coïncidence.

Il espérait aussi que la femme et la fille de Brent se trouvaient déjà sur l'île. Et puisqu'il en était à nourrir des espoirs, il alla jusqu'à se dire qu'avec un peu de chance, la morsure de Joe n'allait pas le transformer en immonde créature.

Mais au fond de lui, il savait bien que ces espoirs étaient futiles.

Il avait un mauvais pressentiment. Plus l'heure tournait, plus il avait la certitude viscérale qu'ils allaient au-devant de la catastrophe. Il prit une troisième barre de céréales et retourna à son poste près de la fenêtre.

Les phares de la voiture étaient éteints.

Il troqua la barre contre son fusil et scruta l'espace qui séparait la maison du parking. Obscurité totale. Le conducteur ou la conductrice avait peut-être décrété qu'il ou elle n'avait pas besoin des phares pour attendre le lever du jour. Luis décida d'attendre, lui aussi, que le soleil lui montre un peu mieux à quoi il avait affaire.

Brent redescendit vêtu d'un pantalon de survêtement noir et d'un tee-shirt gris trois fois trop grand pour lui et orné sur le devant d'une énorme balle de golf. Luis se moqua de lui.

— Là, tu exagères. C'est vraiment hideux.

— Désolé, je n'ai pas pensé à emporter de vêtements. Mais ne t'en fais pas, je t'ai laissé les fringues classe.

— J'ai hâte de voir ce qui peut être considéré comme « classe » dans cette baraque, répliqua Luis en regardant ses propres habits tachés de sang. Mais ce ne sera pas la peine : j'ai apporté de quoi me changer, *moi*.

— Salopard ! Tu vas te balader dans ta tenue habituelle tandis que moi je suis obligé de porter les fringues ringardes que papi met pour faire sa gym.

— Ça te va plutôt bien, finalement, railla Luis.

— Va te faire foutre, mon pote. Bon, et cette bagnole, où en est-on ?

— Les phares se sont éteints pendant que j'étais à la cuisine, mais je n'ai vu personne ; j'en conclus que ses occupants attendent l'aube et l'arrivée du ferry. On ira jeter un coup d'œil une fois le soleil levé si tu veux.

— D'accord, fit Brent en partant à son tour chercher à manger dans la cuisine. Ne me dis pas que tu as bouffé *toutes* les barres de céréales ?

— Si. Excuse-moi, mais il n'y avait pas ton nom dessus !

— Pas grave, déclara Brent quelques secondes plus tard. J'ai trouvé des Pop-Tarts. Je n'en ai pas mangé depuis une éternité. Évidemment, c'est celles à la cerise et sans glaçage. Pas les meilleures.

— Et pour les passer au grille-pain, c'est raté, sans électricité.

— Tant pis, fit Brent en revenant avec ses biscuits fourrés et une bouteille d'eau. Tu montes te doucher ? Je monte la garde ici, OK ?

— OK. Si tu vois quelqu'un sortir de la voiture, tu viens me chercher. N'y va pas sans moi, et si on frappe à la porte, n'ouvre pas !

— D'accord, répondit Brent en s'asseyant pour manger.

— Et garde ton pistolet à portée de main, surtout, conclut Luis en entamant l'ascension de l'escalier muni de son fourre-tout, de sa torche, de son fusil et d'une trousse de premiers secours.

Le faisceau de la lampe électrique, posée verticalement sur le lavabo, éclairait le miroir et le plafond de la salle de bains. Luis y voyait juste assez pour se laver. Debout sous la douche, il sentait l'eau froide chasser le sang et la crasse dont il était couvert. Il aurait préféré de l'eau très chaude, mais vu les circonstances, il ne fallait pas trop en demander. Il se courba en avant pour laisser le jet lui masser les épaules. Un coup d'œil à son bras droit : le pansement était trempé ; s'il ne faisait rien, il allait sûrement se détacher.

Il ne put s'empêcher de se rappeler à quel point le visage de Joe avait changé quand il avait été contaminé par la créature. Les veines et les marbrures noires sur sa peau, juste avant qu'il se *métamorphose*.

Il contemplait toujours son bandage, sans réussir à se décider à l'enlever. Il fallait qu'il le change, mais en même temps, il avait peur de regarder dessous. S'il avait été contaminé, il était voué à une mort certaine. Il le savait pertinemment. Ce qu'il ignorait, en revanche, c'était à quelle vitesse l'infection se propageait dans l'organisme. Ni même s'il se rendrait compte de quoi que ce soit. Il revit les yeux de Joe – d'abord blancs, puis tout noirs, avec un regard qui ne ressemblait à rien de connu et qui l'avait transpercé. Il ne restait rien du vieux concierge dans ces yeux-là. La chose qui l'avait mordu était d'un autre ordre, d'une autre planète peut-être… En tout cas, la contamination en avait fait un monstre.

Luis s'appuya contre la paroi de la douche et s'attaqua au pansement. Tout à coup, il *fallait* qu'il sache. Sans attendre.

Le bandage tomba avec un bruit mouillé. Luis regarda fixement son bras ; l'éclairage médiocre devait lui jouer des tours… Il attrapa sa torche et la braqua sur sa peau.

La morsure avait disparu. La sensation de brûlure était toujours là, mais la plaie avait complètement guéri.

C'est pas possible !

Il coinça la lampe entre son menton et sa poitrine, et passa le plat de sa main sur son bras. L'épiderme était intact, comme s'il ne s'était rien passé. Il rapprocha son bras de ses yeux. Et là, il vit quelque chose bouger sous la peau.

— Merde !

La torche lui échappa et rebondit bruyamment sur le carrelage. Il la récupéra et en tourna de nouveau le faisceau vers son bras, guettant le moindre mouvement.

J'ai dû avoir une hallucination.

Mais il surprit une nouvelle ondulation, et cette fois il n'y avait pas de doute. En plus, ce n'était pas une mais *plusieurs* choses en forme de vers qui bougeaient, juste sous la peau.

Luis contempla fixement son avant-bras, les yeux agrandis par l'horreur. Il ne pouvait en détacher son regard.

Je suis contaminé.

Non, je refuse de crever de cette façon-là !

Il écarta d'un coup le rideau de douche et balança la torche dans le lavabo, où elle oscilla quelques secondes puis s'immobilisa en éclairant le miroir. Il s'empara de son fusil, s'assit brusquement sur le carrelage, aveuglé par l'eau qui ruisselait, puis fourra le canon dans sa bouche.

Il espéra que les suicidés n'allaient pas en enfer, et qu'il retrouverait sa femme et sa fille après le grand saut dans l'au-delà.

8

John Larson

17 octobre, en début de soirée.
Bell Springs, Missouri.

L'après-midi s'éternisait. Malgré le danger qui guettait dehors et tout ce qui plaidait en faveur d'un départ immédiat, Desmond restait sur ses positions. Tout ça à cause d'un gamin inquiétant, d'un vieux fou et des Olson mère et fille.

Au moins, ils avaient fini par barricader les quatre accès ; qu'ils passent ou non la nuit sur place, il fallait qu'ils soient en sécurité. Aussi Desmond, Mary, Will et lui avaient-ils passé l'après-midi à pousser des meubles devant les portes et les fenêtres. Desmond était même sorti chercher un gros 4 × 4 qu'il avait vu à quelques centaines de mètres de l'hôtel. Il l'avait garé en marche arrière, tout contre la porte de service la plus éloignée d'eux et donc la plus vulnérable. Du coup, John respirait un peu mieux, mais pas beaucoup. Ça ne viendrait qu'avec le troisième ou quatrième whisky.

Il aurait bien aimé boire jusqu'à ce que cette journée ne soit plus qu'un souvenir, jusqu'à oublier dans le sommeil la stupidité de ses compagnons d'infortune. Et puis se réveiller au matin prêt à prendre la route le plus vite possible. Mais il préférait boire seul, et les autres s'ingéniaient à l'en empêcher. Chacun à leur tour, ils étaient venus le voir au bar pour lui demander si ça allait. Ç'avait d'abord été Will, puis Desmond et Mary ensemble, et maintenant Jimmy. Comme il n'avait pas l'âge de consommer de l'alcool (ce qui ne l'empêchait pas de consommer autre chose), le gamin restait assis là sur son tabouret de bar en souriant bêtement, avec son verre de soda et son stock inépuisable de dégueulis verbal.

— Allez, quoi, vous pouvez bien me l'avouer : au fond, c'est quand même une aventure, tout ça, non ?

John se contenta de le regarder fixement. Puis il se versa une nouvelle dose de whisky, bascula la tête en arrière et l'engloutit d'un coup, non sans faire la grimace.

— On voit que vous ne me connaissez pas, reprit Jimmy. Quand on me fait le coup du mépris, ça me donne encore plus envie de repartir à l'assaut.

John resta muet.

— C'est vraiment tragique, ce qui est arrivé à Jenny. J'en suis sincèrement désolé, croyez-moi. Mais vous ne pouvez rien y faire, et plus vous passez de temps à y penser, moins vous profitez de la vie, et on n'en a qu'une...

John remplit à nouveau son verre, reposa la bouteille sur le bar et répondit :

— Tu ne sais absolument pas de quoi tu parles. Tu n'es qu'un môme. Tu n'as aucune idée de ce que c'est qu'aimer une personne qui n'est plus là, tu ignores tout de la notion de sacrifice, tu n'as aucune expérience de ce qu'on ressent quand on perd ce à quoi on tient le plus dans la vie.

— Putain, John ! C'est pas pour vous manquer de respect, mais c'est des conneries tout ça. Vous croyez peut-être que ça m'a rien fait de me réveiller un matin et de me rendre compte que toute ma famille, tous mes amis avaient disparu ? Eh ben, non, mon vieux, j'ai eu la trouille comme tout le monde, et j'ai *toujours* la trouille, d'ailleurs, mais je refuse de me laisser bouffer par ça, et à plus forte raison de pourrir la vie de tous ceux qui m'entourent. Vous n'avez pas le monopole du chagrin, vous savez. On a *tous* perdu ceux qu'on aimait. Et on fait *tous* de notre mieux pour survivre et en tirer des leçons.

— Ah oui ? Eh bien... disons que l'un d'entre nous est plus honnête que l'autre, voilà tout.

Il vida son verre et se resservit.

— Et moi j'espère que l'apocalypse a élevé votre seuil de tolérance à l'alcool parce que sinon, vous n'allez pas tarder à tomber. Une fois de plus.

Jimmy se laissa glisser de son tabouret, fit un salut ironique et s'éloigna d'un pas léger.

Décidément, ce sale gamin était un peu trop content de lui. John voulait bien croire qu'il regrettait sa famille, mais ce n'était pas du tout la même chose. La famille, on naissait dedans ; ce n'était pas une affaire de choix – ni dans un sens, ni dans l'autre. Tandis que perdre la seule personne qu'on connaisse par cœur, la seule qui sache vous consoler, vous donner de l'amour... Ça n'avait rien à voir. Cette perte-là avait laissé en lui un grand vide qu'aucune boisson forte ne pouvait remplir.

Il sentit une main se poser sur son épaule. Encore Desmond ! *Et merde.* Il était vachement souriant, pour un type qui vous faisait bien sentir que le rôle de chef, c'était sa croix sur terre.

— Je peux faire quelque chose pour vous, *patron* ? ironisa John.

— Ne m'appelez pas comme ça, mon vieux, fit Desmond avant de s'asseoir sur le même tabouret que Jimmy.

Il attrapa un verre propre, inspecta la rangée de bouteilles, puis choisit la tequila et s'en versa un peu.

— En revanche, est-ce que *moi*, je peux faire quelque chose pour *vous*, avec un peu de chance ? Est-ce que vous vous laisseriez faire ?

— Et vous, « avec un peu de chance », vous êtes capable de remonter le temps ? De ressusciter les morts ? De retrouver assez de bon sens pour envoyer balader les vieux hippies et nous tirer de ce traquenard ?

Desmond soupira.

— On a choisi la bonne solution en repoussant notre départ à demain. Je sais que c'est dur pour vous, et que vous ne pensez qu'à Jenny. Vous ne pouvez pas faire autrement et je le comprends, même si personnellement, je n'ai pas perdu de proches – enfin, rien de comparable, en tout cas. Et je ne suis pas cynique au point de dire que tout va s'arranger. Mais je peux vous gratifier d'un cliché : « Mieux vaut pleurer la perte d'un être aimé que n'avoir jamais aimé personne. » Parce que je suis persuadé que c'est vrai. Tout le monde ici a du chagrin,

John. Jimmy a perdu toute sa famille, et Paola son père. Mary a failli perdre Paola, quand même ! Votre peine n'est pas d'essence supérieure à la leur, et maintenant, il faut nous rendre service à tous en donnant le meilleur de vous-même. Vous êtes un type bien, un type généreux comme j'en ai rarement rencontré. Alors je vous en prie. On a besoin de vous.

Desmond avala sa tequila. De son côté, John se mit à trembler comme une feuille.

— Ce n'est pas si facile que ça. Et croyez-moi, vous ne pouvez pas comprendre ce que je vis.

— Alors mettez-moi sur la piste. Je suis là. Vous pouvez me demander tout ce que vous voulez.

Brusquement, John s'effondra. Et entre deux sanglots déchirants, il lâcha des bribes d'explications.

— On ne se disputait jamais, Jenny et moi. *Jamais*, vous m'entendez ? Enfin, deux fois en sept ans. La dispute de l'autre soir était seulement la troisième en tout. Mais la pire, et de loin.

John s'essuya les yeux, reprit son souffle, puis acheva de craquer et déballa tout d'un coup.

— Jamais la moindre chicane. Pas une fois on n'a élevé le ton sous le coup de la colère. Comme on se dit tout, on n'a aucune rancœur secrète – tous ces non-dits à la noix qui ruinent la vie des gens. On a beaucoup de chance ; la plupart des couples ne réussissent jamais à atteindre l'harmonie qui régnait dans notre couple…

John s'étrangla. L'espace d'un instant, Desmond craignit qu'il ne régurgite à grands jets tout l'alcool qu'il avait avalé. Mais il inspira profondément et reprit :

— Pourtant, ce soir-là ça a été l'enfer.

— Pourquoi, qu'est-ce qui s'est passé ?

— Ça a commencé par des broutilles. Ça s'était mal passé à son boulot. Son patron l'avait harcelée tout l'après-midi, son assistante n'était pas venue parce que ses nausées matinales avaient finalement duré toute la journée, et elle avait fait une bourde dans un rapport sur lequel elle travaillait depuis des semaines. De toute façon, elle détestait son job, et elle en avait vu d'autres ; mais en plus, il a fallu qu'un pneu crève en rentrant. Et ça a fait déborder le vase.

John marqua une pause le temps de reprendre sa respiration. Puis :

— Elle a appelé l'Automobile Club, mais il s'est avéré que j'avais oublié de renouveler notre adhésion, je ne sais pas pourquoi. Elle a essayé de m'appeler, mais mon téléphone était éteint. Si bien qu'elle est restée une heure sous la pluie.

John essaya ses larmes.

— Dès que j'ai eu passé la porte, elle m'a sauté dessus. Elle m'a engueulé pour la première fois depuis qu'elle m'avait vu répondre à mon ex sur ma page Facebook deux ans plus tôt. Ça, c'était notre deuxième dispute, si ça vous intéresse. Alors je lui ai demandé ce qui la rendait hystérique à ce point. Elle m'a parlé de l'Automobile Club en ajoutant que visiblement, je me fichais bien de ce qui pouvait lui arriver sur la route. J'ai dit « Ne sois pas ridicule… », elle a répliqué : « C'est ça, dis que je suis ridicule ! » J'ai rétorqué que non, ce n'était pas *elle* qui était ridicule, mais ses accusations. Puis j'ai voulu savoir ce qui lui était arrivé, et elle m'a parlé de son pneu crevé. Alors je lui ai demandé depuis combien de temps elle n'avait pas fait réviser la voiture. Erreur fatale.

John, qui ne pleurait plus, poursuivit sur un ton plus ferme :

— À partir de là, ça a dégénéré. Bêtement, je lui ai dit qu'elle me faisait penser à sa mère. Je l'ai même appelée par son nom de jeune fille. Du coup, elle m'a jeté un flacon de ketchup à la figure. Mais elle m'a raté ; il a glissé par terre sans faire de dégâts et je n'ai pas pu m'empêcher de rire. Ça l'a mise encore plus en colère.

John but une gorgée, puis enchaîna :

— Après ça on s'est disputés pendant deux heures sans interruption. On s'est balancé des choses affreuses, *affreuses*... Des trucs qu'on ne s'était jamais dits. Elle m'a sorti que je n'étais pas un homme, un vrai, parce que je ne savais rien faire de mes dix doigts. Qu'en tant que chef de famille, j'aurais dû emmener la voiture au garage et payer l'assurance.

John déglutit avec peine.

— Alors j'ai dit qu'elle, c'était au lit qu'elle ne savait pas faire grand-chose, et que le chef de famille, il avait un peu l'impression de coucher avec un cadavre.

— Ouille, lâcha Desmond avant de se resservir, lui aussi.

John était visiblement abattu.

— Et ça s'est arrêté là, plus ou moins. Elle a quitté la pièce et je me suis confortablement installé sur le canapé pour la nuit. Quand je me suis réveillé le lendemain matin elle avait disparu. Comme tout le monde.

— Je suis désolé.

Desmond attendit de voir si l'autre avait vidé son sac.

— Non, c'est moi qui suis désolé. Je ne devrais pas vous faire porter ça, à vous et aux autres. J'aurais déjà dû enterrer tout ça. C'est vous qui avez raison depuis le début. Je ne vous rends pas service – et à moi non plus.

— On vous comprend, vous savez, dit Desmond en lui posant une main amicale sur l'épaule.

Dix minutes plus tôt, John l'aurait envoyé promener, mais maintenant qu'il s'était confié, il trouvait la présence de Desmond réconfortante. Il comprenait soudain pourquoi il était *de facto* devenu leur leader.

— Vous souffrez, dit ce dernier, et les circonstances font que pour vous, le deuil est encore plus difficile. Allez donc vous coucher. La nuit porte conseil. Ça ira mieux demain. Et si ça ne va pas mieux, venez me trouver. Quand vous voudrez.

John sourit.

— Merci, Desmond. Merci pour tout. Je vais me reprendre, promis.

Ils échangèrent une poignée de main, puis John se dirigea vers sa chambre, à la fois soulagé et embarrassé que Desmond l'ait vu dans cet état.

9

Boricio Wolfe

18 octobre, le soir.
Quelque part en Alabama.

En sortant de la cave, Boricio se retrouva dans la fraîcheur du soir. *Enfin libre.*

Moe avait dit vrai : le camp comportait une ferme et un silo, plus une sorte de centre de transmissions et un grand hangar. Eux-mêmes avaient été enfermés au sous-sol d'une grande maison à étage flanquée de deux autres parfaitement identiques, auxquelles s'ajoutaient un bâtiment tout en longueur et un haut mur d'enceinte en briques.

— Par là, fit Boricio en se dirigeant à l'oreille vers le générateur qui vrombissait derrière la maison.

Les membres de la Boricio Team suivirent en rangs serrés. Entre l'obscurité quasi totale et le bruit du groupe électrogène, ils étaient pratiquement indétectables.

— Qu'est-ce qu'on fait maintenant ? demanda Adam.

Boricio n'en avait pas la moindre idée, et ça lui donnait envie de casser les dents à quelqu'un. Il y avait trop de choses qu'il ne maîtrisait pas et qui pouvaient mal tourner.

— J'ai bien envie d'aller voir ce qui se passe dans cette baraque, répondit-il en indiquant la dernière des trois, la plus proche du portail, et la seule dont les fenêtres étaient éclairées. À mon avis, c'est là-bas que crèche la valetaille, ajouta-t-il avec un mouvement de tête en direction du bâtiment allongé. Les chefs ont dû garder les maisons pour eux. Et Dieu le Père doit trôner dans celle où on voit de la lumière.

— Il y a des barreaux à toutes les fenêtres.

À cause du bruit du générateur, Boricio n'aurait su dire qui, de Manny ou de Jack, avait fait cette remarque à voix basse, et de toute façon, il s'en moquait éperdument.

— On se rapproche et on attend, dit-il. On finira bien par voir quelque chose. Et si c'est intéressant, on agira en conséquence. Faut partir du principe que c'est un nid de Rambo ici. Vous pouvez être sûrs que si ces enfoirés nous tirent dessus, ça sera « pas de quartiers, pas de prisonniers ». Mais ça veut pas dire pour autant qu'il faut les canarder comme des malades. On tire quand c'est le moment ; peut-être avec une seconde d'avance mais pas plus. En tout cas, on tire jamais sans raison. On se sert de son flair. Et on réfléchit pas trop.

— Et moi, avec quoi je leur tire dessus, ma bite ? demanda Manny.

— C'est sûrement le top dans le genre pistolet miniature ! pouffa Boricio. Mais si t'avais pas été aussi chiant, j'aurais pas été obligé de te mettre sur la touche. En tout cas, reste pas dans nos pattes, et si tu peux piquer le flingue d'un garde, vas-y, et sers-t'en… et pas sur moi, hein !

Boricio s'assura que la voie était libre, et ils se coulèrent discrètement jusqu'à la dernière maison de la rangée. Puis ils allèrent se cacher dans les buissons qui poussaient au pied du mur d'enceinte, en passant de zone d'ombre en zone d'ombre.

— Restez là, souffla Boricio. Je vais vérifier quelques trucs.

— Non ! Attendez ! fit Adam.

Boricio se retourna.

— Tenez, fit l'autre en lui tendant son colt.

— Merci, petit.

Il lui donna sa batte de base-ball en échange, glissa le 45 mm à sa ceinture, puis s'accroupit et longea le mur sans faire de bruit, histoire de partir en reconnaissance.

La maison était sans ornements, mais bien plus belle qu'il n'aurait cru. Les boiseries étaient neuves, les peintures fraîches et les luminaires ne venaient pas de la quincaillerie du coin. Là aussi il y avait des barreaux à toutes les fenêtres. La plupart d'entre elles étaient obscures ou masquées par des rideaux. Pas moyen de jeter un œil à l'intérieur de la baraque. Par contre, Boricio avait une vue dégagée sur la terrasse, à une quinzaine de mètres de lui, derrière un roncier. Trois hommes discutaient sur les marches, ce qui lui interdisait toute possibilité de s'enfuir par le portail, situé à une quarantaine de mètres, et qui de toute façon était fermé.

Juste à côté d'eux, par la seule fenêtre ouverte et éclairée à l'avant de la maison, Boricio entrevit Gros-Tétons. Assise derrière un bureau, elle était occupée à écrire rageusement. Tout le reste était plongé dans l'obscurité.

Les trois hommes ne lui poseraient pas trop de problèmes, mais il ne pouvait pas savoir combien il y en avait encore à l'intérieur, ni s'ils donneraient rapidement l'alarme. Il valait peut-être mieux renoncer à les buter et se rapprocher lentement mais sûrement de la sortie.

Il revint à croupetons vers le mur de la maison dans l'intention d'aller chercher la Boricio Team, mais s'arrêta net : un de ces connards de survivalistes braquait un fusil d'assaut sur ses hommes, qui avaient les mains en l'air. Sans se redresser, il avança de quelques centimètres, enveloppé dans le linceul de la nuit. Ça commençait à s'agiter à l'arrière de la maison.

Ils ont trouvé les morts au sous-sol.

Ça va pas tarder à péter.

Le type qui tenait la Boricio Team en joue aboya :

— Et l'autre, il est où ?

Boricio avança encore, couvert par le boucan du groupe électrogène.

— On sait pas, dit Charlie. Il nous a largués, ce salaud. Bon débarras.

Bien joué, petit.

Boricio jaillit de l'ombre, heurta le survivaliste en pleine poitrine, lui arracha son arme et lui fracassa la mâchoire, le tout dans un seul et même élan. Le type se mit à crier, mais de toute façon l'alerte avait déjà dû être donnée. Alors il soulagea le fusil de quelques-unes de ses balles, puis le lança à Adam.

— Tu viens, cow-boy ? On va se faire quelques Indiens.

Adam passa la batte à Manny.

Le trio de survivalistes que Boricio avait surpris sur l'escalier de la terrasse déboula à l'angle de la maison ; ils étaient armés et prêts à tirer.

— Couchez-vous ! hurla Boricio.

Le premier homme fit feu. Adam, qui n'avait pas attendu l'ordre de Boricio pour se jeter à terre, lui tira dessus à plusieurs reprises. Mais aucune de ses balles n'atteignit sa cible.

Notre seul atout c'est le noir. S'ils allument des projos, on est morts. Faut qu'on se rapproche de là où ça se passe. Si on sent pas l'odeur de la baston, on perd.

Boricio poussa un rugissement et s'élança vers les trois hommes.

Il bondit sur le premier et lui fit sauter l'arme des mains. Elle tomba à terre. D'un coup de pied, il l'expédia derrière lui. Puis il appliqua le canon du colt contre la tête du type et appuya sur la détente.

Et d'un.

Les deux autres ne s'étaient pas arrêtés : ils fonçaient sur les hommes de Boricio sans se rendre compte qu'ils venaient de perdre un des leurs. Boricio en visa un à trois mètres et tira. Comme tous les chasseurs, il jouissait d'une excellente vision nocturne. Le type s'écroula non loin de son pote. En deux coups de feu il avait achevé le troisième survivaliste. La Boricio Team arriva en courant. Il y eut une détonation et Boricio vit la tête de Jack éclater comme une pastèque.

— On fonce ! cria-t-il aux trois membres restants de son équipe. Go go go !

Deux nouveaux survivalistes apparurent derrière la maison. Boricio tira. La première balle atteignit un des deux hommes en plein front. La seconde alla se loger dans l'épaule du suivant. Boricio aurait apprécié un peu d'aide de la part de ses coéquipiers, mais sur les dix balles qu'ils tirèrent à eux trois, seules deux touchèrent leur cible, dont une dans la tête du garde blessé, heureusement.

Un projecteur éclaira le toit de la première maison ; un sniper apparut, tout habillé de lumière. Un coup de feu retentit et la terre gicla à ses pieds. Il pivota et cria :

— Suivez-moi !

Il se mit à courir, plié en deux, et disparut derrière la maison. Caché, mais toujours à portée de tir. Adam et Charlie ne tardèrent pas à le rejoindre. Manny suivit, mais avec un temps de retard qui lui fut fatal : une nouvelle détonation claqua et il s'effondra. Adam récupéra la batte et revint en courant auprès de Boricio. Hors d'haleine, en nage et affolé, tout comme Charlie.

ET MERDE ! On est cernés et on va s'en prendre plein la gueule. Enfin, au moins, j'hérite des moins tocards. Mais ça m'avance pas à grand-chose.

— Écoutez-moi les gars.

Ils étaient planqués entre les broussailles et le mur d'enceinte. Le faisceau du projecteur passa au-dessus de leur tête, dans un sens puis dans l'autre. On les cherchait. Devant la maison, des hommes se hélaient.

— Les trois autres tarés se sont fait buter parce que c'était leur destin. Mais le vôtre, c'est de survivre. Comme moi. Maintenant, faut qu'on aille là-bas, enchaîna-t-il en montrant le hangar, distant de cinquante mètres environ, c'est-à-dire au fond du camp.

On peut y arriver, mais faut foncer, et surtout pas s'arrêter en route, pigé ?

Ils firent signe que oui.

— Ces enfoirés se multiplient de minute en minute et si on fout pas le camp d'ici en vitesse, je donne pas cher de notre peau. Alors on court sans s'occuper de rien. On a la nuit pour nous. Ils vont chercher à vous repérer avec le projo, mais le truc c'est de courir en zigzag. SURTOUT PAS en ligne droite. Filez comme si vous aviez le feu au cul, ne vous arrêtez sous aucun prétexte, et ensuite, attendez les ordres.

Des bruits de pas précipités sur la terre battue, cette fois à l'arrière de la maison. Encore quelques secondes et ils seraient encerclés. Boricio distingua spécifiquement trois survivalistes. Ils avaient dû perdre la boule quand le reste du monde s'était fait la malle : ils avaient l'arme à la main, mais au lieu de regarder dans la direction de Boricio, Adam et Charlie, ils restaient plantés là, à découvert, tournés vers l'avant de la maison.

— Couvrez-moi ! hurla Boricio.

Il jaillit de sa cachette et, en cinq coups de feu, les abattit tous les trois. Il s'apprêta à appeler les deux gamins, mais son regard fut attiré par quelque chose qui lui fit l'effet d'un coup de genou dans les couilles.

Un rideau voletait légèrement dans l'encadrement d'une fenêtre ouverte, au premier étage, sur le côté de la maison. Il s'écarta. Et pour Boricio, le temps s'arrêta.

Ce qu'il vit lui glaça le sang.

La connasse qu'il avait tuée à La Nouvelle-Orléans, dans la soirée juste avant que tout se mette à déconner… celle dont il n'avait pas retrouvé le cadavre en retournant chez elle… où les taches de sang s'étaient décolorées en quelques heures… elle le regardait depuis la fenêtre, des secrets plein les yeux, et sur la bouche une promesse non tenue…

Elle posa l'index sur ses lèvres, secoua la tête, puis ferma les rideaux.

Boricio serra les dents et dut effectuer un énorme effort de volonté pour ne pas se ruer *illico* dans la maison, histoire de comprendre ce que c'était que ces conneries.

— Qu'est-ce que vous attendez, m'sieur Boricio ? demanda Charlie.

MERDE !

Un deuxième projecteur dissipa l'obscurité et une marée de survivalistes se répandit devant la maison. Ça se gâtait sérieusement. Boricio leva à nouveau les yeux vers la fenêtre. Il distinguait la silhouette de la fille derrière les rideaux. La fille qu'il avait guettée pendant des mois. Celle qu'il s'était gardée pour Noël.

— Faudrait y aller, non ? insista Charlie.

MERDE !

— J'attends le bon moment, gronda Boricio. Baissez vos armes et préparez-vous à courir comme des dératés. J'aurai besoin de vous une fois là-bas.

Il jeta un regard en arrière, puis hocha la tête et lâcha :

— Go !

Ils s'élancèrent dans la nuit. Comme prévu, trois tireurs étaient postés à l'angle de la maison côté mur d'enceinte. Boricio les expédia *ad patres* au passage. Tout se mit à exploser autour d'eux, mais aucun des trois ne perdit de temps à regarder ce qui se passait. Les balles sifflaient en tous sens, soulevant des gerbes de terre, les hommes lançaient des ordres… Ils traversèrent le terrain à découvert en zigzaguant comme trois piètres rugbymen tentant de marquer un essai, en se raccrochant désespérément à la moindre zone d'ombre – et finirent par arriver de l'autre côté. Des balles firent tinter la paroi métallique du hangar. Boricio ouvrit la porte, se précipita à l'intérieur et referma dès que ses acolytes l'eurent rejoint. À la lumière du projecteur, il eut à peine le temps d'entrevoir plusieurs véhicules – des voitures et des camions.

— Vous restez là et vous descendez tous les enfoirés qui essaient d'entrer, lança-t-il aux deux gamins. Moi je regarde s'ils ont laissé des clefs sur le contact ; sinon je me débrouille sans. Dans les deux cas j'ai besoin d'un peu de temps.

Charlie et Adam firent signe qu'ils avaient compris et se postèrent chacun d'un côté du hangar. Des balles venaient toujours en frapper les parois ; certaines rebondissaient, d'autres traversaient le métal. Pendant ce temps, Boricio passa en revue quatre camions ; mais il ne trouva pas de clefs. Alors il remonta à bord du premier, arracha les grands panneaux en plastique qui recouvraient le haut et le bas de la colonne de direction et exposa les fils. Il releva les yeux juste à temps pour voir un survivaliste sortir de nulle part, cravater Charlie et lui coller son pistolet sur la tempe.

— Descends de là ! brailla-t-il à l'intention de Boricio.

Celui-ci n'eut même pas le temps de se demander quoi faire : Adam se glissa discrètement derrière le nouveau venu et lui défonça le crâne d'un coup de batte.

Décidément, la Boricio Team fait des progrès.

— Bien joué les mecs ! cria Boricio par la vitre du camion tout en frappant le toit du plat de la main. Encore une minute et on se tire !

Boricio dénuda deux fils en plantant ses ongles dans la gaine, puis en joignit les extrémités en tordant le tout. Le tableau de bord s'alluma. Boricio poussa un ululement triomphal.

Charlie ouvrit les portes du hangar pendant qu'Adam tirait. Boricio fit ronfler le moteur puis roula jusqu'à la sortie.

— Montez !

Les deux ados s'exécutèrent, chacun d'un côté du véhicule. Boricio enfonça la pédale d'accélérateur et le camion fit un bond.

Des dizaines de survivalistes armés étaient alignés devant le portail, canon pointé. Les balles filaient dans la nuit et les douilles sautaient en tous sens. Une vingtaine d'autres s'étaient déployés dans tout le camp, illuminé comme un arbre de Noël.

Boricio faucha tous les gardes assez stupides pour rester sur son chemin, en rentrant la tête dans les épaules à cause des balles qui, en rencontrant la carrosserie, jouaient une véritable symphonie de tintements assourdissants. Celles qui percutaient le pare-brise y laissaient à peine une trace.

— Génial ! brailla-t-il. Ces enfoirés ont prévu des camions blindés ! Sympa de leur part, non, les garçons ?

Il jeta un œil à l'arrière. Adam sourit mais ne répondit pas. Charlie, lui, était carrément hilare. Boricio braqua, roues bloquées, puis repartit en trombe vers le portail, dont les jours étaient comptés : six secondes plus tard il le défonçait à soixante à l'heure. Le camion rebondit sur une petite marche, décolla du sol, puis retomba sur la route de l'autre côté du portail. Il dérapa légèrement, mais Boricio eut vite fait d'en reprendre le contrôle. Bon sang, ça faisait du bien de retrouver le bitume !

Boricio regarda dans le rétroviseur et constata avec surprise que déjà un camion les suivait de près.

— Ha ha ! C'est tout ce qu'ils ont trouvé pour nous coller au cul, ces pignoufs ? Dites, les gars, vous avez pas la trouille au moins ? lança-t-il à ses deux passagers.

Adam jeta un œil au camion qui les poursuivait, puis secoua négativement la tête. Charlie se pencha en avant et dit :

— Vous savez vous servir de ce truc, vous ? Je l'ai piqué au soldat qu'Adam a descendu dans le garage.

Une grenade reposait dans le creux de sa main. Boricio hurla de rire en donnant de grands coups de poing sur le tableau de bord. Puis il lui sourit dans le rétro.

— Eh ben, mon salaud ! Tu viens de gagner tes galons, là ! Alors, je suis pas un spécialiste, hein. Mais à mon avis, tu te penches par la vitre, tu dégoupilles et tu lances. Fais bien gaffe à la lancer *dehors*, sinon on est bons pour *Vidéo Gag*.

Charlie souriait de toutes ses dents. Il acquiesça, puis baissa sa vitre et gueula :

— Allez vous faire foutre, ENFOIRÉS !

Il tira sur la goupille et lâcha la grenade sur la chaussée.

D'abord, il ne se passa rien. Le camion des survivalistes était trop près et Charlie avait peut-être lancé trop tôt. Mais au moment où Boricio se disait que finalement, ils allaient devoir semer leurs poursuivants, la grenade fit son office. L'arrière du camion explosa et Boricio perdit la trace de ses phares dans le rétro.

Il poussa un cri triomphal.

— Les gars, si Moïse avait vu vos tronches, il aurait été obligé d'ajouter un onzième commandement !

Ils s'enfoncèrent dans la nuit, pied au plancher. Ils étaient les rois de la route.

10

Brent Foster

Après deux biscuits fourrés mangés à même l'emballage, Brent avait encore faim. Il retourna à la cuisine chercher une génoise cette fois, puis s'affala dans son fauteuil. Se bourrer de sucreries alors que la fin du monde avait sonné… l'idée le fit rire. Mais pour être sincère, la perspective de se nourrir indéfiniment de Pop-Tarts et de Twinkies n'était pas pour lui déplaire. Quelle horreur s'il n'était plus resté que du corned-beef et autres conserves qui lui avaient toujours paru faites à base de viande d'extraterrestre !

En avalant sa dernière bouchée de gâteau, il se demanda si Ben avait eu le temps de goûter aux célèbres pâtisseries de la marque Hostess. Ils avaient toujours veillé de très près à ce qu'il s'alimente sainement, en fermant les yeux sur un petit gâteau de temps en temps. Mais c'étaient des cookies faits maison – flocons d'avoine et raisins secs – et non des saletés industrielles pleines de sucre et de graisses hydrogénées. Réflexion faite, il avait la quasi-certitude qu'à trois ans, son gamin n'avait jamais mangé de Twinkies. Tout à coup, cela l'attrista. Tous les enfants auraient dû y avoir droit au moins une fois dans leur vie.

Brent songea alors à toutes les « premières fois » que son fils n'aurait jamais la chance de vivre – le premier jour d'école, le premier amour, le premier *chagrin* d'amour, la première prise de conscience de ce qu'il voulait réellement faire de sa vie, sans doute suivie par une dizaine de revirements, le premier travail. Il s'efforçait de ne pas s'appesantir sur le sort de sa femme et son fils, de ne pas se les représenter rivant sur lui des yeux morts depuis on ne savait quel néant, préférant les imaginer quelque part, ailleurs, et surtout pas sur ce charnier de Times Square…

Mais il n'y arrivait pas toujours.

Il n'était plus si sûr qu'ils soient encore en vie. Et c'était dur à admettre, même intérieurement. C'était un aveu de défaite ; or un père ne devait jamais baisser les bras quand il s'agissait de sa famille.

Il ferma les yeux et essaya de penser à autre chose, mais aussitôt il revit le regard mort de Joe se poser sur lui juste avant qu'il n'attaque. Luis avait raison. Joe avait bel et bien été contaminé par les créatures. Comment, pourquoi… il l'ignorait. Ça ressemblait à une parasitose, comme dans les films où les extraterrestres infectaient des humains avant d'en prendre le contrôle.

Il se demanda si Luis avait enlevé son pansement. À l'étage, l'eau coulait toujours. Juste à ce moment-là, il entendit un objet tomber par terre et rouler sur le sol de la salle de bains. Sans doute la torche électrique… à moins que Luis ne se douche avec son fusil. Brent tendit l'oreille, mais il n'y eut pas d'autre bruit. Il faillit monter demander à Luis si tout allait bien, mais quelque chose attira son attention dans la rue.

Une lumière s'était allumée dans la voiture.

Entre le brouillard et la buée sur les vitres, on ne distinguait qu'un halo, mais Brent vit des ombres bouger à l'intérieur. Les mouvements étaient de plus en plus rapides. Manifestement, il se passait quelque chose d'anormal.

Alors il entendit les cris et les cliquetis typiques des monstres.

Ses cheveux se hérissèrent sur sa nuque. Il attrapa son pistolet et scruta la rue plongée dans l'obscurité.

Brusquement, les feux arrière s'allumèrent et la voiture démarra, en marche arrière et en fonçant droit sur la maison. Le parking était distant d'au moins soixante-dix mètres, mais elle reculait à toute vitesse. Quand elle fut suffisamment près, Brent vit deux créatures à cheval sur le toit. Et la voiture fonçait droit sur les baies vitrées.

— Luis !

Brent monta l'escalier quatre à quatre et alla marteler la porte de la salle de bains. Il n'eut pas le temps de s'expliquer : il y eut un grand bruit au rez-de-chaussée et la maison trembla ; la voiture avait pénétré jusque dans le salon.

Luis surgit en trombe, nu, fusil à la main, l'air un peu désorienté, comme si Brent l'avait tiré de sa léthargie.

— Qu'est-ce que c'est que ce bordel ?

Brent le laissa passer. Au pied de l'escalier, une créature à demi assommée se relevait déjà. Luis lui colla une balle dans la tête, dévala l'escalier et déboula, toujours nu, dans le salon. Il visa le deuxième monstre qui, accroché au toit de la voiture, criaillait en se penchant vers l'habitacle.

— Saloperie ! hurla Luis en tirant une deuxième balle.

Touchée en plein dos, la chose fut projetée par la baie vitrée brisée. Luis se rua en avant et tira à l'aveuglette.

Brent fouilla le salon du regard, prêt à tirer, au cas où d'autres monstres se seraient introduits dans la maison. Puis il se retourna vers la voiture ; au volant, une femme très brune, affalée contre le volant, inconsciente ; sur le siège passager, une petite fille d'origine asiatique, âgée d'environ six ans. Toute rouge, la bouche grande ouverte, elle pleurait, répétant inlassablement *maman... maman...* en essayant de se dépêtrer de sa ceinture de sécurité.

Luis revint dans le salon et jeta un œil à l'intérieur de la voiture.

— Elle est blessée ? demanda-t-il en se hâtant d'aller ouvrir la portière côté conducteur.

Brent alla ouvrir l'autre portière. La petite hurla en reculant précipitamment vers sa mère, comme s'il lui voulait du mal.

— N'aie pas peur, lui dit-il. Les monstres sont partis.

De son côté, Luis cherchait le pouls de la mère.

— Elle est vivante, dit-il à Brent avant de remonter l'escalier en courant. Il revint avec la trousse de premiers secours. Il avait enfilé un jean noir, mais son torse était encore tout mouillé.

La conductrice leva la tête et, sonnée, murmura des paroles inintelligibles.

— Ça va aller, lui dit Luis en se ruant à ses côtés. Vous avez percuté la maison.

— P… pardon, fit-elle en entourant de son bras la petite fille blottie contre elle, trop faible pour l'étreindre vraiment.

Luis l'aida à s'extraire de l'habitacle, ainsi que sa fille, qui restait désespérément agrippée à elle, et les fit asseoir sur un petit canapé deux places miraculeusement épargné par la voiture – contrairement au grand canapé qui, lui, était complètement détruit. Puis il revint trouver Brent.

— Elle a une plaie à la tête, mais sans gravité. Il faut que tu désinfectes et que tu mettes un pansement, OK ?

Brent se demanda pourquoi il le chargeait, lui, de cette mission.

— J'ai été contaminé, lâcha Luis en guise d'explication.

Incapable de digérer la nouvelle, Brent le regarda sans rien dire. Luis s'assit prestement au volant de la voiture accidentée et la sortit du salon. Puis il la gara en diagonale devant la baie vitrée de manière à boucher le trou au maximum.

Brent s'empara de la trousse et entreprit de soigner la blessée, mais sans cesser un instant de penser à ce que venait de lui révéler Luis.

— Ces choses… qu'est-ce que c'est ? demanda la jeune femme entre deux gorgées d'eau.

Ses mains tremblaient. À côté d'elle, la petite essuyait ses larmes, visiblement traumatisée.

— On n'en sait rien, répondit Brent. Personnellement, je dirais que ce sont des extraterrestres, mais sans aucune certitude. On en a rencontré tout un tas ce matin en ville. Vous venez d'où, au fait ?

— Du New Jersey. Près de Clifton.

Ils se racontèrent leur vécu respectif de la grande disparition, mais les deux hommes gardèrent pour eux les cadavres de Times Square et la contamination de Joe. Sans parler de la possibilité qu'à présent, Luis soit également infecté. Ils voulaient réconforter les nouvelles venues, et non leur faire encore plus peur.

Jane, qui avait trente ans, restait à la maison pour élever sa fille. Elle avait été réveillée à trois heures du matin par celle-ci, qui se prénommait Emily. La petite lui avait dit qu'elle avait fait un mauvais rêve dans lequel des monstres voulaient les emmener. Puis Emily avait demandé où était son papa, et Jane s'était aperçue qu'en effet, son mari avait disparu. Ainsi que la chatte de la maison, Cannelle. Jane avait essayé d'appeler Michael sur son portable, mais il semblait éteint, ou n'avait pas de réseau. Après avoir frappé chez tous ses voisins, au milieu de la nuit, elle avait constaté que tous les riverains s'étaient volatilisés aussi.

Elle était rentrée chez elle avec une petite Emily en larmes et avait allumé un poste de radio fonctionnant sur piles, au cas où les autorités auraient diffusé un message à l'intention de la population. Dans un premier temps, il n'y avait eu que des parasites ; mais au bout d'un moment, elle avait capté l'appel concernant

Black Island. Elle avait attendu un bon moment, dans l'espoir que son mari reviendrait, puis décidé de tenter sa chance.

— Ils disaient de ne pas rouler de nuit, je sais, mais je ne pouvais plus rester là sans rien faire, expliqua-t-elle. Je ne pouvais pas savoir qu'il y avait des… choses qui nous guettaient dehors ! À votre avis, qu'est-ce qui se passe ?

Luis lui parla de ses rêves prémonitoires, même si ça n'expliquait pas grand-chose, en fin de compte.

Pendant ce temps, le soleil s'était levé – mais ce n'était qu'une vague tache lumineuse derrière le rideau de brouillard qui descendait presque jusqu'au niveau du sol.

— Qu'est-ce qu'on va faire maintenant ? demanda enfin Jane en serrant Emily contre elle.

— Attendre le ferry en espérant qu'on ne verra pas débarquer d'autres créatures, répondit Luis d'un air absent, en regardant par la baie vitrée fracassée.

— Je veux mon papa, lâcha Emily en pleurant.

Elle était si petite, si frêle et si secouée que Brent en eut le cœur brisé. Il aurait voulu lui dire que tout allait s'arranger, qu'elle retrouverait son père et peut-être même Cannelle. Mais il n'avait jamais été très doué pour mentir.

— Je sais bien ma chérie, fit Jane avant de l'embrasser sur le dessus de la tête. Moi aussi il me manque.

Malgré ses six ans, Emily n'était pas beaucoup plus grande que Ben. Brent faillit lui donner le petit train en bois qui était toujours dans sa poche, mais à la vérité, il n'avait pas envie de s'en séparer, même s'il avait la faculté d'égayer un peu un autre enfant. Y renoncer, c'était admettre qu'il ne serait peut-être jamais en mesure de le rendre à son fils. Alors il préféra aller chercher des gâteaux fourrés à la cuisine. Jane le remercia, défit un emballage et en donna un à la petite.

— Merci monsieur Brent, dit Emily en tendant sa petite main pour prendre le gâteau avant d'en manger une minuscule bouchée.

Laissant Jane et Emily sur le canapé, Brent et Luis allèrent à la cuisine faire le plein de provisions. Le journaliste remarqua que son ami ne portait plus de pansement. En fait, on ne voyait plus aucune trace de plaie sur son bras.

— On ne voit plus ta morsure, lui dit-il tout bas, pour ne pas être entendu depuis le salon.

— Elle a disparu, répondit Luis en continuant de remplir les fourre-tout, manifestement peu disposé à s'étendre sur le sujet.

— Montre.

— Y a plus rien à voir. Elle a guéri toute seule.

— Mais… tu viens de me dire que tu avais été contaminé ! Au contraire, on dirait que ça s'est arrangé.

— Loin de là.

Il s'immobilisa et regarda Brent dans les yeux.

— Il y a quelque chose à l'intérieur de mon corps.

— Quoi ?

— Regarde, fit-il en lui montrant son avant-bras droit.

Brent vit alors les ondulations sous sa peau. Il s'étrangla.

— Ne me demande pas ce que c'est, je n'en sais rien. Mais il faut que je m'en aille. Hors de question que vous soyez à ma portée quand la métamorphose sera complète.

— Non. Je refuse de te laisser partir, surtout maintenant qu'on va être secourus.

— Écoute, vieux. J'apprécie. Sincèrement. Mais ça ne serait pas juste d'exposer Jane et Emily. Je ne peux pas vous faire courir ce risque à tous les trois.

— Tu te feras soigner sur Black Island. Ils savent peut-être de quoi il s'agit, là-bas. Si ça se trouve, ils peuvent même te guérir !

— Ouais, ou alors ils vont me boucler pour faire des expériences sur moi. Je refuse d'être un cobaye. Je m'en fous de mourir. Je ne savais même pas si j'allais me réveiller le 16 au matin, de toute façon. C'est un bonus, pour moi, ce que je vis ; une vie de plus, comme dans les jeux vidéo. Alors je m'en vais et on verra bien. Mais au moins, je ne pourrai faire de mal à personne.

— Minute. Peut-être qu'ils feront des expériences sur toi, comme tu dis. Mais ça les aidera peut-être à trouver la parade ! Et si, de cette façon, tu contribuais à tirer d'affaire d'autres gens infectés ? Je ne vais pas te tenir de discours « new age », pour la bonne raison que je ne crois pas à tous ces trucs-là. Mais imagine qu'il y ait une raison pour que tu aies été contaminé ? Si ça se trouve, c'est pour ça que tu es encore là : pour aider les autres à guérir !

Luis le contempla longuement sans répondre.

— Ça m'énerve quand tu dis des trucs sensés, finit-il par lâcher. Bon, d'accord, j'embarque avec vous sur le ferry, mais il faut me promettre de me coller une balle dans la tête au moindre signe de changement.

— Sacrée promesse…

— Jure-le-moi.

— Bon, d'accord.

— Dis-le franchement.

— OK. Je te promets que si tu te transformes en zombi extraterrestre je te tire une balle dans la tête.

— Merci.

La voix de Jane s'éleva dans le salon :

— J'entends le ferry !

11

Edward Keenan

Ed descendit l'escalier, un pistolet dans chaque main, en essayant de ne pas penser à Jade.

Il ne pouvait ni se permettre de redouter sa colère, ni perdre du temps à apaiser ses craintes. Il devait agir vite, sans se laisser freiner par ce genre de considérations d'ordre affectif.

Comme si ça ne suffisait pas qu'il se soit encombré de la gamine enceinte, voilà que maintenant, il devait s'en faire pour sa propre fille, ce qui nuisait à son esprit d'initiative. Il ne pourrait plus raisonner en toute logique. Ses décisions seraient conditionnées par la présence de Jade – et de Teagan. Bref, s'il laissait libre cours à ses émotions il ne pourrait plus se fier à son instinct. Or, pour être efficace, il devait être une machine, se détacher des sentiments susceptibles d'entraver les actions requises.

Il poussa les portes vitrées du hall et se dirigea vers le 4 × 4. Au fond, devant un des quatre immeubles qui bordaient le parking, quatre créatures. Filiformes, noires, la peau luisante. Extraterrestres ou résultats d'une expérience secrète menée dans un laboratoire du gouvernement, il n'aurait su le dire. Une chose était certaine, cependant : ces créatures étaient des prédateurs. Une fois qu'elles l'auraient vu, il ne disposerait que de quelques secondes pour passer à l'acte.

Quand il fut à quinze mètres du véhicule, deux d'entre elles l'aperçurent et vinrent vers lui à quatre pattes. Et à toute vitesse.

Le cœur battant à tout rompre, il piqua un sprint, arriva au niveau de la portière avant gauche et sauta au volant. Le 4 × 4 recula à vive allure ; la vision d'une créature occupait toute la lunette arrière, avec ses yeux sans âme, ses mains griffues et ses dents irrégulières.

— Qu'est-ce que c'est que ce truc ? cria-t-il.

La créature sauta sur le capot avant, leva les bras et assena un grand coup sur le pare-brise, qui se fissura sous le choc. Au coup suivant il s'étoila, puis se brisa en mille morceaux qui tombèrent en pluie dans l'habitacle.

La main gauche sur le volant, Ed tira sur la créature à deux reprises, d'abord dans la poitrine, puis dans la tête. Elle tomba, et il lui passa sur le corps. Au même moment, l'autre créature sauta sur le toit du 4 × 4, qui vacilla sous l'impact. Elle poussa un cri qui ne ressemblait à rien de connu – en tout cas, Ed n'avait jamais entendu d'animal produire ce son. Il pénétra jusqu'au tréfonds de son cerveau et lui glaça le sang. La chose semblait avoir des serres qui raclaient la carrosserie. Essayait-elle de s'y accrocher… ou bien de la percer ?

Ed braqua, appuya à fond sur l'accélérateur et repartit en direction des créatures restantes. Il en percuta au moins une. Puis il freina brusquement. Les pneus crissèrent. La créature sur le toit fut projetée en avant et tomba. Ed sauta à terre, se retourna vivement et visa celle qu'il avait heurtée sans la tuer. Sa tête explosa en répandant une brume de matière visqueuse et noire. Il pivota encore et tira sur le monstre tombé du toit.

Il le manqua à deux reprises. Or il se rapprochait dangereusement, et la mort avec lui... Ed changea de pistolet et visa avec soin. Vingt mètres. Quinze. Dix...

Son instinct lui intimait de s'enfuir, de remonter en voiture. Mais ce fut son entraînement de professionnel, maintes fois éprouvé sur le terrain, qui prit le dessus. Au moment où la créature lui sautait dessus, il trouva le calme intérieur nécessaire pour lui tirer en pleine tête. Cette fois encore jaillit une grande gerbe de gelée noire.

Ed se jeta à terre de manière à s'écarter de sa trajectoire et elle passa au-dessus de lui pour aller s'écraser un peu plus loin sur l'asphalte.

Il se releva et, hors d'haleine, chercha des yeux le dernier monstre. Il ne le vit ni derrière le 4 × 4, ni dedans. Il s'en approcha tout de même.

Rien. La créature avait disparu.

Mais pas pour de bon. En fait, elle se planquait.

Il lança un coup d'œil à celles qu'il avait tuées. Qu'est-ce que ça pouvait bien être ? Son expérience personnelle ne lui était d'aucun secours. Elles avaient pu être humaines à un moment donné, ou commencer leur existence sous forme humaine ; ou alors c'étaient des hybrides d'êtres humains et... d'autre chose. Une chose fondamentalement *autre*. De plus, elles se ressemblaient sur de nombreux points mais présentaient aussi de subtiles différences. Là où l'une avait des mains griffues, l'autre n'arborait que des moignons.

La première était grande et maigre, l'autre plus petite, plus trapue. Elles avaient toutes les deux la peau noire comme la nuit et recouverte d'une pellicule suintante ; au-dessous, Ed distinguait une lueur évanescente. Cela lui rappela une créature des profondeurs sous-marines vue un jour dans un documentaire télévisé.

Il remonta dans la voiture et alla s'arrêter devant l'immeuble de Jade. Il se gara de biais, de telle façon que la portière côté conducteur et la porte arrière soient le plus près possible de l'entrée, puis examina une fois de plus les environs avant de renoncer à la sécurité toute relative du 4 × 4 pour réintégrer l'immeuble.

Jade lui sauta au cou, en larmes.

— Je te croyais mort !

Ed comprit que les trois jeunes gens avaient vu toute la scène par la fenêtre.

— Ça va, lui souffla-t-il à l'oreille.

Il était heureux de serrer sa fille dans ses bras, cependant, après toutes ces années de silence glacial, il se sentait quand même un peu mal à l'aise, comme si ce n'était pas sa petite Jade qu'il étreignait mais une jeune femme qu'il connaissait à peine, et qui avait changé de parfum. Malgré tout, le lien entre parent et enfant était toujours là, quelque part au fond – ce lien qui ne se rompait jamais. Alors il s'abandonna aux souvenirs qu'il gardait de sa vie antérieure – sa vie de père. Avant que sa vie d'agent secret échappe complètement à son contrôle.

Il avait envie de rester éternellement là, à serrer sa fille contre lui… Non, il ne devait pas se laisser prendre au piège des émotions. D'un côté, il aurait voulu fondre en larmes et implorer le pardon de sa petite fille – s'ils avaient eu le temps et la chance de vivre dans un monde sans danger où il était possible de réparer les dégâts… Mais cette chance, ils ne l'avaient plus, justement ; dans le nouveau désordre mondial, il y avait des monstres. Il se pouvait que Jade et lui n'aient plus jamais le loisir de panser leurs plaies.

L'heure n'était pas à la guérison. Il n'y avait plus de place que pour la force.

Il déposa un baiser sur le front de la jeune fille et se dégagea.

— Il faut filer d'ici. Trouver un endroit sûr.

— Qu'est-ce que c'était, ces choses noires ? demanda Teagan en ouvrant de grands yeux effrayés.

— Je ne sais pas. Je n'ai jamais vu ça. Je sais que ça a l'air dingue, mais je penche pour des extraterrestres.

— Et vous croyez que c'est lié à la disparition des gens ? Des extraterrestres seraient venus embarquer tout le monde ? s'enquit Ken.

— Possible. Mais on n'en a pas vu un seul en venant jusqu'ici depuis l'Ohio. Alors il n'y en a peut-être qu'ici. Quoi qu'il en soit, il faut s'en aller tout de suite et se mettre en sécurité. Emportez quelques affaires. Le 4 × 4 attend juste en bas.

— Où va-t-on aller ? voulut savoir Teagan en posant les deux mains sur son ventre proéminent. Y a-t-il un seul endroit où on soit en sécurité, d'ailleurs ? On a croisé des agents du gouvernement en hélicoptère et des péquenots armés, et maintenant, des extraterrestres ! Où est-ce qu'on est censés aller avec tout ça ?

— J'ai une maison tout équipée en Floride en prévision de ce genre de situation. Tout marche à l'énergie solaire, il y a un puits… et une pièce blindée au cas où ça tournerait mal – enfin, disons *encore plus* mal.

— Vous étiez préparé à ce qui se passe ? s'étonna Ken.

— Pas « à ce qui se passe » en ce moment, non. Juste *préparé*.

Il vit que Jade et Teagan le regardaient d'un air méfiant.

— Qu'est-ce que vous faisiez comme boulot, avant ?

Ed s'interrogea. Est-ce que ce gamin se foutait de lui, ou bien Jade avait-elle vraiment gardé le silence total sur son passé ?

— Tu ne lui as rien dit ? demanda-t-il à sa fille.

— On n'a pas beaucoup parlé de toi, fit-elle avec un regard qu'Ed préféra éviter.

— Moins tu en sauras, mieux ça vaudra, dit-il à Ken. Disons que mon boulot était justement d'être préparé à toute éventualité. Et que j'étais doué pour ça.

Visiblement mal à l'aise, Ken eut un petit sourire, puis détourna les yeux. Ed songea qu'il ne couchait sans doute pas avec Jade. Il lui paraissait un peu efféminé, et plutôt du genre à battre en retraite au premier signe de résistance. Il aurait préféré un autre genre de gars pour sa fille. Mais d'un autre côté, quand elles avaient eu un père absent, les filles avaient justement tendance à sortir avec des garçons qui ne correspondaient pas au profil du gendre idéal. Et comme il était absent, le père déçu n'y pouvait pas grand-chose…

En regardant Ken fourrer maladroitement dans un sac en plastique les affaires qu'il voulait emporter, Ed se sentit observé à son tour. Il se retourna : les filles ne le quittaient pas des yeux. Mais contrairement à Ken, Jade soutint son regard.

— Je reviens tout de suite, fit le jeune homme. Je vais chercher *quelque chose* à côté.

À sa façon de parler et au regard qu'il échangea avec Jade, Ed conclut qu'il s'agissait de drogue. Juste de l'herbe, espéra-t-il – ni crack ni coke, entre autres trucs dangereux. Sinon, il allait devoir jouer les pères Fouettard, rôle dans lequel il ne s'était jamais senti à l'aise. *Surtout vu comme j'ai laissé tomber ma fille...* Mais il n'allait pas pour autant rester passif s'il jugeait que Jade prenait des risques inconsidérés.

— Et cette maison en Floride, entonna Jade. Tu l'as depuis longtemps ? Comment peux-tu être sûr qu'elle est encore là ?

Dérouté par le tour que prenait la conversation, Ed répondit :

— Elle est toujours là, fais-moi confiance.

Tout à coup, un grand cri retentit dans l'appartement voisin. C'était Ken ! Il fut suivi par un feulement surréel accompagné de cliquetis, puis par un grand fracas de meubles brisés et le choc sourd d'un corps heurtant le mur.

On a retrouvé l'extraterrestre manquant...

En moins de deux, Ed récupéra ses armes et s'élança. Roulé en boule par terre dans le salon, Ken hurlait. Dressé au-dessus de lui, son assaillant multipliait les coups. Heureusement, c'était une créature à moignons, et non à griffes.

Ed avait l'avantage de la surprise. Il ajusta son tir, prêt à faire feu. Mais à cet instant, il reçut un coup violent dans le dos qui lui coupa le souffle. Il fut projeté contre une table ronde, sa tête heurta une chaise et le pistolet qu'il tenait dans sa main droite lui échappa.

À sa droite, la créature qui, à présent, chevauchait Ken, se tourna vers lui. Affalé sur le dos, sonné par la douleur, Ed resta immobile.

L'extraterrestre qui l'avait frappé par-derrière – et maintenant, Ed avait la quasi-certitude que c'était bien un extraterrestre – se dressa de toute sa hauteur, ouvrit une bouche immense et poussa un cri aigu qui lui vrilla les tympans. Et toujours ce cliquetis... En plus, cette créature-là avait des griffes, elle. Toutes deux se rapprochèrent. Ed luttait pour rester conscient mais sa vision latérale commençait à se brouiller, et il avait si mal qu'il faillit s'évanouir.

Bats-toi... La souffrance est une illusion. Ce qui compte, c'est ta façon d'y réagir... Refoule-la, enfonce-la au plus profond de toi...

Il tint bon un instant et, de la main gauche, s'efforça de viser la créature griffue à la tête avec sa seconde arme. Mais tout était trop flou. Comme s'il avait de la gaze devant les yeux. Il ferma les paupières, puis les rouvrit en entendant la chose pousser un cri encore plus atroce.

Plusieurs détonations retentirent. La créature située à sa droite s'abattit sur le sol. Ed distingua péniblement Ken qui s'était remis sur pied et brandissait le pistolet que lui-même avait lâché en percutant la table du salon. L'étudiant pivota pour faire feu sur la seconde créature. De son côté, Ed vida son chargeur.

— Crève, saloperie ! hurla Ken en tirant sans relâche, jusqu'à ce qu'elle tombe à son tour.

Quand son chargeur fut vide, le bras tremblant, il continua à presser la détente dans le vide.

— Tu les as eues, fit Ed en se relevant tant bien que mal. Merci.

Il lui prit son arme. Le jeune homme, en état de choc, éclata en sanglots.

— C'est bon, elles sont mortes, lui dit Ed.

Mais il vit alors que le tee-shirt de Ken était plein de sang au niveau de l'épaule

— C'est grave, ta blessure ?

— Ce truc m'a mordu ! répondit l'autre d'une voix chevrotante. Merde, putain ! Il m'a *mordu* ! Un peu plus et il me bouffait !

— Tu ne risques plus rien maintenant. Viens, on va chercher les filles et on se tire d'ici vite fait.

Ed prit deux chargeurs dans les poches arrière de son pantalon et rechargea ses pistolets. Il faudrait qu'il se réapprovisionne vite en munitions, surtout s'ils devaient affronter d'autres créatures.

Jade et Teagan étaient terrorisées.

— Qu'est-ce que tu as ? s'exclama la première en s'élançant vers Ken.

— Il s'est fait mordre, dit Ed. Il faut sortir d'ici. Tout de suite.

— Ça va aller, vous deux ? leur demanda-t-elle.

— Ouais. Ken m'a sauvé la vie.

Autant lui faire un compliment au passage.

Le gamin n'était peut-être pas irrécupérable. S'il n'était pas gay, il méritait bien de fréquenter Jade, finalement.

— Mais j'insiste : il faut partir immédiatement. Dieu sait combien de monstres rôdent encore là-dehors.

Il alla voir par la fenêtre s'il y avait d'autres créatures sur le parking.

Et c'est alors qu'il les vit. Non pas des monstres, mais deux camionnettes noires qui n'étaient pas là quelques instants plus tôt.

La vitre vola en éclats et il ressentit une brûlure à la poitrine. Il baissa les yeux et vit qu'une sorte de fléchette y était plantée. Jade, Teagan et même Ken poussèrent un hurlement : une seconde fléchette entra par la fenêtre. Ed eut le temps de se retourner et de lire l'horreur dans leurs regards.

Puis il s'écroula.

12

John Larson

Après avoir bu comme un trou et révélé ses secrets à Desmond – un type qui ne lui inspirait pas de sympathie particulière, en plus –, John s'esquiva dans sa chambre. L'alcool n'avait pas réussi à lui apporter l'oubli ; le sommeil y arriverait peut-être…

Il s'endormit en quelques secondes, se mit aussitôt à ronfler, et continua jusqu'au moment où il s'assit tout droit dans son lit, bien réveillé et littéralement affamé. Mis à part une faible lueur blanche entrant par le verre dépoli de la fenêtre, l'obscurité régnait.

Il posa les pieds par terre et se frotta les yeux.

Je me demande quelle heure il est.

Difficile à dire vu qu'il n'y avait pas un bruit dehors et ni montre ni réveil dans sa chambre.

L'air lui semblait liquide, comme dans les rêves. Ou alors, il était encore considérablement ivre…

Il était comme attiré vers la fenêtre. Le clair de lune qui magnifiait le parking et les arbres lui rappelait une illustration dans un livre pour enfants que sa mère lui lisait quand il était petit. Il ne se rappelait pas le titre, mais revoyait très clairement cette image – une maison baignant dans la lumière d'une lune souriante. Le ciel y était d'un magnifique violet foncé qu'il n'avait jamais vu dans la réalité... jusqu'à cette nuit. À l'époque, il contemplait longuement la maison dessinée en se disant qu'elle avait l'air douillette, fraîche et accueillante, qu'on devait s'y sentir bien, en sécurité... Mille fois il avait regretté de ne pouvoir entrer d'un bond dans ce livre.

Or le monde qu'il voyait à présent par la fenêtre de l'hôtel était exactement comme cela : réconfortant, engageant et sans danger. Les aliens étaient disposés en grand arc de cercle sur le parking. Le plus proche lui faisait signe de venir les rejoindre dehors. Ses mouvements étaient si lents que John avait l'impression de regarder un film image par image.

Qu'est-ce que je risque ? Ils ne peuvent pas me faire de mal en rêve.

Il ouvrit la fenêtre, située à un mètre du sol, et atterrit aux pieds de l'alien de tête. Celui-ci recula d'un pas, imité par ceux qui se tenaient derrière lui. Comme des sujets s'écartant avec déférence tandis que le roi avance sur son tapis rouge. Leurs yeux, pourtant si grands et si noirs, ne lui faisaient plus aussi peur ; il y lisait plutôt de la curiosité.

— John ! fit la voix de Jenny, quelque part au loin.

Jenny ?

Le cœur battant la chamade, il se mit à la chercher dans la nuit. Il passa devant le premier alien ; aussitôt les autres se rassemblèrent derrière lui comme s'il s'en allait et qu'ils voulaient lui souhaiter bon voyage.

— John !

La voix était la même, mais le ton plus pressant.

Il sortit du parking, traversa la rue à petites foulées puis partit à toutes jambes vers le bois voisin. Il était en train de rêver, il le savait ; mais au fond de lui, il s'en moquait. Il se pouvait qu'il ne revoie jamais Jenny dans la vraie vie, mais s'il pouvait la retrouver en rêve, c'était déjà quelque chose. Le pire serait de l'oublier complètement. Le son de sa voix, son expression quand elle posait son regard sur lui, son nez qui se fronçait quand elle souriait…

— John !

Elle était là, debout sous un arbre au tronc élancé. Elle portait la robe gris argenté qu'il aimait tant, celle qui lui donnait des allures de gravure de mode. Il s'approcha. Les larmes lui montèrent aux yeux.

— Pardon, pardon…, dit-il.

Elle ne répondit pas.

— Je t'en supplie, pardonne-moi. Je ne voulais pas te faire de mal.

Mais ses lèvres restèrent de marbre. Il en eut un grand chagrin. Il avait beau savoir que c'était un rêve, cette froide indifférence était comme un cercueil de malheur.

— Je t'en prie, réponds-moi…

John voulut effleurer le visage de sa femme mais à cet instant précis ce dernier se mit à changer. Il recula, terrorisé. Cela commença par les yeux, qui se creusèrent ; puis ses traits se déformèrent pour exprimer l'image même de la souffrance. À la place de Jenny se tenait à présent un cadavre calciné à la peau pourpre et noire parcourue de craquelures et aux grands yeux d'ébène quasi circulaires, comme ceux d'un serpent.

Sous l'épiderme mince de son visage, les os roulaient comme les vagues de l'océan à mesure que le crâne revêtait successivement l'apparence de tout l'entourage de John – d'abord Mary, puis Paola, Desmond, Jimmy, et ensuite ses autres voisins : le gamin des Franklin, le vieux qui passait ses soirées à appeler son chien (« Miley ! Miley ! »).

Sidéré, John fit un pas en arrière. Comment la chose connaissait-elle tous ces visages ? On aurait dit qu'elle passait en revue tout son carnet d'adresses.

Tout à coup le visage s'adoucit, ses contours se détendirent et adoptèrent à nouveau l'aspect familier de Jenny, avec ce teint de lis et de rose qui avait séduit John dès la première seconde. *Toute cette noirceur n'était peut-être que la manifestation monstrueuse de notre dispute ?* songea-t-il.

Jenny lui sourit.

Elle était de retour.

— Pardon, répéta-t-il.

— Ne t'en fais pas pour ça, répondit-elle avec la voix qui lui disait bonjour tous les matins. Tout ira bien.

John sentit son cœur fondre et se briser à la fois. Il était heureux qu'elle ait la générosité de lui pardonner, mais triste de se dire que ce n'était probablement qu'un rêve. Quand il se réveillerait, le monde continuerait à se décomposer sans Jenny.

— Tu n'es pas obligé d'y retourner, reprit-elle.

— Comment ça ?

— Tu peux te réveiller maintenant. Et rester avec moi.

— Que veux-tu dire ? Si je me réveille, je vais me retrouver à l'hôtel.

— Non, répliqua Jenny, parce que c'est *ça*, le rêve. Toute cette histoire est un rêve. Moi, je suis chez nous, au lit, à attendre que tu te réveilles. Là, tout de suite.

Perdu, pris de vertige, John essayait de comprendre. Quelque chose lui disait que ça ne tenait pas debout. Tout ce qui s'était passé ces derniers jours, c'était *ça*, la réalité. Du moins, c'était ce qu'il lui semblait. Cela dit, plus il réfléchissait aux événements récents, moins il leur trouvait de sens. Un monde dont toute la population ou presque se volatilisait, où des monceaux de cadavres flottaient dans les rivières et où on se faisait attaquer par des monstres ? Un monde où on voyait débarquer un petit môme qui sauvait les gens mais vieillissait d'un coup de cinq ans ? Oui, c'était peut-être *ça*, en effet, le rêve…

— Comment dois-je faire pour me réveiller ?

— Il suffit de me laisser entrer.

— C'est-à-dire ?

— Ouvre-moi ton esprit et ton cœur, tout simplement, fais-moi entrer.

— Comment ?

Plus désorienté que jamais, il ne pouvait retenir ses larmes. Il avait la sensation d'avoir la tête prise dans un étau de plus en plus serré. Il avait terriblement peur de se tromper et de perdre Jenny pour toujours.

— Le mal de tête que tu ressens en ce moment, c'est le John que tu es en rêve qui essaie de rester dans le rêve, déclara cette dernière. La peur t'empêche de te réveiller ; ne la laisse pas faire. La réalité t'attend. Il te suffit de lâcher prise. Viens me rejoindre, John.

Elle lui ouvrit les bras.

Les larmes coulaient à flots sur le visage de John. Cependant, elles n'étaient pas seulement dues à l'amour, ou à la joie d'avoir retrouvé Jenny. Il y avait une autre raison, mais il n'arrivait pas à mettre le doigt dessus.

— Vas-y, lâche prise, souffla-t-elle.

Alors il tomba dans ses bras, et elle l'embrassa sur la joue.

Puis elle chercha ses lèvres, passa ses mains dans son dos et les remonta jusqu'à sa nuque. Elle enfonça le bout de ses doigts dans ses cheveux, exactement comme il aimait, et se mit à caresser, masser… et, brusquement, à serrer.

Mais… qu'est-ce qu'elle… ?

Les doigts de Jenny commencèrent à s'enfoncer dans son crâne. Il avait l'impression que dix forets perçaient son cuir chevelu. Il voulut crier, mais en fut incapable. Il ne pouvait pas bouger non plus.

Il comprit alors la véritable cause de ses larmes. Il allait mourir, et il le savait.

13

Mary Olson

18 octobre, à l'aube.
Bell Springs, Missouri.

Mary se réveilla toute guillerette.

Elle avait hâte de prendre la route et de se retrouver enfin à l'air libre. Elle en avait assez de cet hôtel, assez d'attendre. Elle comprenait l'impatience de John ; elle aussi avait très envie de ficher le camp. Mais elle ne voulait ni mettre sa fille en danger, ni partir avant que tout le monde soit prêt. Et elle s'en remettait aveuglément au jugement de Desmond. À celui de Will aussi, même si elle ne le connaissait que depuis la veille.

Ces derniers jours avaient été pénibles, mais le soleil se levait et dans une heure ils seraient en route vers l'inconnu. Desmond avait veillé toute la nuit pour monter la garde et mettre la dernière main à ses plans avec Will. Il devait être exténué… Pourtant, il continuait comme si de rien n'était, comme s'il carburait à l'épuisement.

— Justement je pensais à vous, dit-elle en le voyant approcher.

— Vous avez vu John ? demanda-t-il sans son habituel sourire.

Mary secoua la tête.

— Non, pourquoi ?

— Parce que je ne le trouve nulle part, et qu'hier soir il était mal en point. J'essaie de ne pas trop m'en faire, mais je ne peux pas m'en empêcher.

— J'imagine que vous êtes allé voir dans sa chambre.

— Oui, et même dans toutes les chambres du rez-de-chaussée, en vain. Vous voulez bien me donner un coup de main ? Je n'ai rien dit aux autres pour ne pas les inquiéter.

— Naturellement. Que dois-je faire ?

— J'espère qu'il est allé cuver dans les étages supérieurs, histoire de s'éloigner le plus possible de nous. Je commence par le haut et vous par le bas ? On se retrouve à mi-chemin. Ça vous va ?

Mary acquiesça, et Desmond lui tendit un revolver.

— Vous savez vous en servir ?

— Oui, je crois.

— Très bien. En cas de besoin, tirez ou criez. J'arriverai en courant.

Mary monta au premier et entreprit de visiter toutes les chambres les unes après les autres. Les trois premières étaient vides, mais dans la quatrième, elle vit John couché à plat ventre sur le lit, immobile.

Son cœur faillit s'arrêter.

Ses pieds nus et le bas de son jean étaient tout crottés.

— John ? fit-elle timidement.

L'espace d'un instant d'affolement, elle le crut mort.

Puis il roula sur lui-même, s'assit sur le lit et ouvrit les yeux.

Ils se regardèrent fixement pendant dix longues secondes et Mary eut l'impression qu'il ne savait pas du tout qui elle était. Elle en eut la chair de poule.

— Ça va ? demanda-t-elle.

— Très bien, fit-il en souriant de toutes ses dents. Aujourd'hui est le premier jour du reste de ma vie.

YESTERDAY'S GONE

Saison 1 – épisode 6
« Comme une rangée de dominos »

1

John

« John » percevait les choses à travers un filtre grossier fait de dégoût et de fascination mêlés. Dégoût total, fascination croissante.

Qui sont ces créatures immondes, répugnantes, et pourquoi sont-elles aussi... instables ?

Leurs esprits étaient extrêmement disparates, et en même temps, chacune semblait refuser de voir son moi véritable afin de se fondre dans le décor – l'humanité dans son ensemble. Ce n'étaient que de vains échos d'êtres originels devenus obsolètes, de piètres imitations qui feignaient d'être uniques en se donnant des noms distincts et qui vivaient comme si elles étaient dotées de libre arbitre. Comme si elles étaient des flocons de neige, et non des graines.

La Chose dévisageait Mary, la mère de Paola, dont le corps et l'esprit s'étaient avérés trop immatures pour être envahis. L'exploration était distrayante mais Mary ne constituait pas un hôte adéquat ; trop faible dans les domaines importants. Évidemment, l'humain appelé John était faible aussi, mentalement ; il barbotait encore dans la soupe primordiale de l'individuation.

La Chose ne s'intéressait pas à l'auto-exploration. Il y avait trop d'informations à ingérer, absorber, assimiler ici. Elle avait trouvé sa raison d'être, et sa première Coquille. Une forme qui lui suffirait, puisque la Chose avait accès à tout ce qui était nécessaire à son développement : la lumière noire émise par la maladie de la planète, qui ne cessait de s'étendre, et la mémoire collective de son espèce la plus repoussante.

La Chose serait donc « John », au moins jusqu'à ce qu'elle prenne suffisamment de forces ; alors les appellations de ce genre deviendraient inutiles.

« John » se massa les tempes. Les souvenirs de la Coquille pouvaient être douloureux, parfois. Avec la fille, Paola, ça s'était passé différemment : elle était loin d'en contenir autant et ils étaient entourés d'une délicate innocence. Ceux de la Coquille étaient d'une autre sorte. Même les meilleurs sécrétaient des contours sombres, comme si le simple fait de vivre avait flétri leur pureté et cousu de malheur leurs plus joyeuses réminiscences. La Chose avait trouvé les sentiments de la fille trop suaves, douceâtres jusqu'à l'écœurement. La Coquille, elle, préférait le crépuscule de la dépression. Ses émotions étaient bourbeuses, et malgré ses efforts pour paraître fort, « John » était vulnérable. Plus que la fille, en fin de compte. C'était cette faiblesse, combinée au désir de se raccrocher à sa propre noirceur, qui avait tant facilité la tâche de la Chose quand elle l'avait attiré dehors pour s'insinuer en lui.

— John, c'est l'heure de s'en aller.

La femme qui avait réveillé la Chose, Mary, était toujours sur le seuil de la chambre. C'était elle qui venait de parler. Dans sa hâte de partir elle pressait tout le monde, alors que c'était à cause d'elle que les humains s'étaient attardés ici, du moins si l'on en croyait les souvenirs précis contenus dans la banque de mémoire de la Coquille. Mais c'était bien là le problème des humains et de leurs mémorisations : elles étaient perpétuellement teintées de préjugés qui les rendaient très peu fiables.

Le cabot se mit à grogner.

Grrrr... Grrrr... Grrr...

« John » contempla la sale bête et ses yeux s'étrécirent sous l'effet de la haine qui couvait en lui, puis reporta son regard sur la femme.

— Vous êtes sûr que tout va bien ? répéta-t-elle.

— Oui, acquiesça « John ». Je suis prêt à partir moi aussi. Ces derniers jours ont été interminables.

Il descendit avec Mary dans le hall, où ils retrouvèrent les autres. « John » passa en revue les souvenirs prélevés chez John et chez Paola afin de s'adresser à chacun de manière appropriée.

Le plus dangereux, Desmond, parlait avec l'homme-enfant Jimmy. Tous deux arboraient l'abjecte expression inquiète qui montrait bien la faiblesse des humains et les rendait encore plus pathétiques. Ils parlaient de lui, ou du moins de la Coquille qui avait été l'humain dénommé John, et leurs échanges traduisaient un ignoble mélange d'angoisse et de souci. « John » regretta que sa Coquille soit aussi limitée. Elle ne percevait ni les pensées, ni même tout le spectre des sons que la Chose pouvait entendre sous sa forme originelle. Il se demanda comment les humains avaient pu parcourir un si long chemin avec autant de restrictions.

L'homme-dangereux hocha la tête, donna une tape sur l'épaule de l'homme-enfant et partit en direction de la sortie. L'homme-enfant, lui, vint vers la Chose.

Tout à coup, la Coquille de « John » devint très chaude. Brûlante, même. La Chose regarda ses membres : ils n'étaient pas en feu. C'était pourtant la sensation qu'elle avait. Mais ils n'étaient même pas rouges. Était-ce normal chez les humains, ou bien fallait-il y voir encore une limite imposée à qui voulait les utiliser comme Coquilles ? Quoi qu'il en soit, « John » était contrarié. Mais la Chose devait continuer à occuper cette Coquille, ou en trouver une autre, si elle voulait accomplir sa destinée.

— Désolé pour hier soir, dit l'homme-enfant à « John ». Je n'avais pas à vous parler comme ça.

« John » consulta son stock de réponses possibles.

Va te faire foutre petit con.

Tu n'es qu'un gamin, tu ne peux pas comprendre.

Pas grave, Jimmy. N'en parlons plus. Tu as fait ça pour me rendre service.

Merci, Jimmy. Vous avez tous besoin de moi, merci de m'avoir aidé à en prendre conscience.

La Chose avait presque entièrement chassé « John » de son esprit, mais elle pouvait encore accéder à tout un éventail de réactions. Elle s'étonna : John aurait probablement réprimé les plus instinctives pour choisir non pas ce qu'il avait envie de dire, mais ce qui était *souhaitable*. C'était d'une faiblesse insigne, c'était pitoyable, mais c'était temporaire. En cas de grand vent, il valait toujours mieux être chêne que roseau. Cette espèce méritait décidément de tirer sa révérence.

— Merci, Jimmy. Vous avez tous besoin de moi, merci de m'avoir aidé à en prendre conscience.

« John » sourit, refoulant sa vraie nature ; en même temps, il sut que l'homme-enfant sentait ses cheveux se hérisser sur sa nuque.

— C'est moi qui vous remercie de me le dire. J'apprécie. Sincèrement, répondit Jimmy avec un sourire tendu. Vous savez bien que je n'ai pas voulu vous manquer de respect ; tout ce qui m'intéresse, moi, c'est qu'on se remette en route. Et ça me tue de vous voir picoler comme hier soir. Ça me rappelle mon oncle Micky et, croyez-moi, quand on boit comme ça, ça finit forcément mal.

« John » regardait l'homme-enfant, fasciné. Au lieu de compulser ses archives de réponses, histoire de bavarder inutilement, il sondait un souvenir impromptu.

La Coquille est encore enfant. Son père boit. Il a les yeux rouges et les cheveux en bataille. La femme qui se tient à côté de lui, la mère de la Coquille, se bouche le nez.

L'ambiance est plombée. Le chagrin tangible. L'air aigre.

— Dis donc, Jimmy, lance tout à coup Desmond en s'approchant. Au moment de partir, je voudrais que tu te postes au premier étage et que tu guettes par la fenêtre, OK ?

Grrr... Aboie, aboie, aboie, aboie... Grrr...

À nouveau le chien.

Il savait, lui, que « John » n'était plus lui-même. Heureusement, les humains ne comprenaient pas ses avertissements.

— Merci, Jimmy, fit Desmond en se tournant vers « John ». Et de votre côté, tout va bien ?

Fous-moi la paix, connard.

Pas de problème, chef. Je prends juste une minute pour me recueillir si ça vous dérange pas.

Très bien, merci !

Mais oui, pourquoi ça n'irait pas ?

— Mais oui, pourquoi ça n'irait pas ?

— Eh bien, vous étiez dans un sale état hier soir, et ce matin… disons que vous n'avez pas l'air dans votre assiette. J'imagine que vous avez un mal de tête d'enfer – et l'estomac vide. Je ne vous ai pas vu manger. Je vous l'ai dit : moi, je ne cherche qu'à vous filer un coup de main, donc si je peux faire quelque chose, n'hésitez pas, OK ?

Qu'est-ce que vous avez derrière la tête, chef ? Qu'est-ce que ça vous rapporte à VOUS, tout ça ?

Déjà, occupe-toi un peu plus de notre départ et un peu moins de la Vierge Marie, là.

Merci Desmond, mais ça ira.

Votre sollicitude me touche. Désormais, je vais faire de mon mieux pour mériter ma place dans l'équipe.

— Votre sollicitude me touche. Désormais, je vais faire de mon mieux pour mériter ma place dans l'équipe.

L'homme-dangereux recula d'un pas, l'air troublé.

Pour être un humain, on ne pouvait pas se contenter d'imiter les gestes d'un humain et de prononcer ses paroles. « John » ne maîtrisait pas encore toutes les subtilités du langage. Quand il essayait de parler, il n'obtenait pas le résultat escompté.

— Et si on vous trouvait quelque chose à manger ? Ce n'est pas en restant le ventre vide que vous vous sentirez mieux, insista Desmond.

C'est peut-être de là que vient la sensation de brûlure. La Coquille est affamée. Un esprit qui, pour sa survie, dépend d'une Coquille à l'appétit sans fin... c'est vraiment affligeant.

L'homme-dangereux s'éloigna, puis revint au bout d'un court instant avec une banane, des gâteaux secs et une bouteille d'eau.

— Tenez, fit-il en tendant le tout à « John ». Désolé, la banane n'est pas de première fraîcheur, mais on ne peut pas faire grand-chose pour empêcher les fruits et les légumes de mûrir – à part aller nous installer ailleurs qu'ici et les faire pousser nous-mêmes. Bien ! enchaîna-t-il avec un sourire mal assuré. Tenez-vous prêts à partir dans dix minutes, OK ?

Dans dix minutes tu pourras aller te faire foutre, ducon.

Merci pour la banane. Je crois qu'après ça je n'aurai plus jamais faim !

Entendu, on fait comme ça.

Merci pour tout. Je me sens beaucoup mieux. On y va quand vous voulez.

— Entendu, on fait comme ça.

À ce moment-là accourut l'homme-enfant.

— Venez vite voir !

Aussitôt il repartit en courant vers l'escalier et remonta au premier étage. L'homme-dangereux, le vieux, la mère et la fille, l'enfant-grandi et le chien lui emboîtèrent le pas, « John » sur les talons. Ils entrèrent dans une chambre.

Je me demande pourquoi ça brûle comme ça. Je ne devrais pas avoir AUSSI chaud.

— Nom de nom, lâcha l'homme-dangereux. C'est comme ça depuis quand ?

— Je ne sais pas, répondit l'homme-enfant. Il y en a quatre fois plus qu'il y a une demi-heure.

Tous regardèrent, atterrés, les centaines d'aliens qui se pressaient à présent sur le parking.

« John » sourit. Ses légions croissaient de seconde en seconde.

Ils savent ; voilà pourquoi ils affluent. Ils viennent aider à instaurer le changement.

Mais il n'était pas encore prêt. Pas tout à fait.

Grrr... Aboie, aboie, aboie, aboie... Grrr...

Une série de jappements perçants, suivis par un grondement sourd exprimant une hostilité de plus en plus manifeste.

— On dirait que Dog Vador n'aime pas beaucoup les aliens ! fit Will.

Mais le sale cabot ne regardait pas par la fenêtre ; c'était « John » que visaient ses grognements. C'était à lui qu'il montrait les dents en bavant.

— Luca, tu veux bien ramener le chien au rez-de-chaussée le temps qu'on décide de la marche à suivre ? suggéra Will.

— D'accord.

Le jeune garçon enfonça ses doigts dans la fourrure de l'animal, puis l'entraîna vers l'escalier. La fille – Paola – le suivit.

— Alors, qu'est-ce que vous en dites ? lança le vieil homme à qui il arrivait parfois de *voir des choses*, et qui s'adressait à l'homme-dangereux comme s'ils étaient seuls dans la pièce.

Le mépris de la Coquille envers Desmond influençait la perception qu'en avait la Chose – une révélation dérangeante pour « John ». Ainsi, les sentiments de cet humain pouvaient affecter *ses* perceptions à *elle*...

Lamentable d'être aussi facilement contaminé par ses perceptions ! Encore une limite. Mais je peux peut-être retourner le phénomène à mon avantage dans mes rapports avec ces créatures.

L'homme-dangereux secoua la tête.

— Je ne sais pas très bien... Il me paraît trop risqué de partir maintenant. Mais d'un autre côté, s'ils se multiplient à cette vitesse et qu'ils nous épient, il est peut-être encore plus risqué de rester.

Desmond jeta de nouveau un œil par la fenêtre, puis se tordit le cou pour regarder le plus loin possible dans la direction opposée.

— Bon sang, je n'en vois même pas la fin !

Ouaf ! Ouaf ouaf ouaf !

« John » entendait encore le chien aboyer à l'étage du dessous. Pourquoi l'animal ne l'avait-il pas attaqué dès qu'il avait saisi la mystification ?

Est-ce que les chiens répriment leurs désirs, eux aussi ?

La pièce était dévorée par des flammes que « John » était le seul à sentir. Il avait mal à la tête et redoutait de régurgiter sans préavis tout le contenu de son estomac.

L'homme-enfant prit la parole.

— J'ai l'impression que je ne suis pas le seul à avoir un mauvais pressentiment. Vous aussi vous savez qu'il va se passer quelque chose de gravissime ?

Mary se tourna vers le vieil homme.

— Alors, vous pensez toujours que les aliens ne représentent pas une si grande menace ?

— Non, ma théorie vient de s'effondrer.

L'homme-dangereux s'apprêtait visiblement à renchérir, mais l'enfant-grandi lui coupa la parole :

— Qu'est-ce qui a changé ?

— Aucune idée. Mais il s'est passé quelque chose, c'est sûr. Ils gagnent en puissance et en nombre. Je le ressens comme vous. Et ce qui ne me plaît pas du tout, c'est la tonalité.

Tiens... Les humains ne sont peut-être pas si sourds que ça envers ces choses-là, en fin de compte.

— Comment ça, la « tonalité » ? s'enquit Desmond.

— C'est le mot, opina le vieil homme. C'est la tonalité qui a changé. Avant j'avais toujours l'impression qu'ils attendaient quelque chose ; mais maintenant, je sens qu'ils *savent* ce qu'ils attendent. Ils étaient perdus, mais maintenant, ils sont retrouvés.

— Comme dans la Bible, soupira Desmond.

— Will a raison, répondit Mary. Moi aussi j'ai ce pressentiment.

Impuissant, l'homme-dangereux se tourna vers « John ».

— Et vous, qu'en pensez-vous ?

Sympa de te soucier de mon opinion alors qu'il n'y a pas de réponse correcte à ta question, connard.

Ça ne vous a jamais beaucoup préoccupé. Alors pourquoi me demander mon avis maintenant ?

Moi, je crois qu'on devrait rester encore un peu, voir ce qui se passe. Excusez-moi, il faut que j'aille aux toilettes.

Je m'en remets à vous. Il vaut sans doute mieux rester, mais si vous pensez qu'on doit partir, je vous suis.

— Moi, je crois qu'on devrait rester encore un peu, voir ce qui se passe. Excusez-moi, il faut que j'aille aux toilettes.

Bouche bée, tous rivèrent leurs yeux sur lui. Il tourna les talons et partit vers « sa » chambre.

Une fois sur place, « John » ferma la porte, puis passa dans la salle de bains et se fit couler un bain.

« John » ôta les vêtements de la Coquille, puis entra dans la baignoire et se laissa couler, la tête sous l'eau.

Enfin.

L'eau était bien fraîche sur sa peau. La Coquille était en surchauffe. « John » faisait un usage excessif de sa mémoire disponible. L'eau l'apaisa et sa température descendit de quelques degrés. Ses pensées se clarifièrent le temps de lui montrer la voie avec une grande précision. « John » s'assit dans la baignoire.

La Chose décida de rester et de faire le nécessaire pour prendre le plus de forces possible. Après tout, c'était pour « elle » qu'ils venaient, et pour peu qu'« elle » s'attarde suffisamment longtemps, toute la planète finirait par lui obéir.

Tout cancer naissait d'une unique cellule dégénérée, et il avait tôt fait de s'insinuer dans toutes les brèches de l'organisme. « John » sourit. Il allait être fort divertissant de mener à bien ce que la Chose était née pour réaliser.

2

Teagan McLachlan

17 octobre, le matin.
Winding, Géorgie.

Teagan poussa un grand cri en voyant Ed tomber en agrippant les fléchettes plantées dans son torse.

— Qu'est-ce que c'est ? rugit Jade.

Ed gémit et tenta de se rapprocher d'eux en rampant.

Une autre fléchette entra par la fenêtre et alla percuter le mur.

— Couchez-vous ! cria Ken.

Lui-même se mit à ramper vers Ed, qui ne bougeait plus, et chercha son pouls.

— Il est vivant, lança-t-il sans cesser de presser contre sa blessure le bout de tissu qu'il y avait appliqué.

Courbée en deux, Jade se rua vers la table sur laquelle Ed avait posé ses armes de poing, en prit une et fit glisser l'autre vers le jeune homme.

— Tu sais t'en servir ? demanda-t-elle ensuite à Teagan, qui lui répondit par la négative.

À son tour elle se rapprocha de son père en rampant. Puis elle retira les fléchettes et les jeta par terre.

— J'ai abattu deux extraterrestres – ou je ne sais quoi ; pas mal pour un débutant, non ? chuchota Ken en venant rejoindre Jade, aplati par terre, avant de hasarder un regard dehors au risque de recevoir une fléchette à son tour.

— Qui est-ce qui nous tire dessus ? demanda Teagan en portant les mains à son ventre.

Tout à coup son bébé donna des coups de pied.

— Pas les aliens, en tout cas, fit Ken.

Teagan repensa à son rêve de l'hélicoptère. C'étaient peut-être les hommes qui en voulaient à son bébé. Affolée, elle chercha des yeux une cachette possible. Mais la pièce était trop petite.

— Sortez les mains en l'air ! fit une voix venant d'un haut-parleur.

Ils échangèrent des regards indécis.

— C'est forcément à cause de mon père, déclara Jade. Qui êtes-vous ? cria-t-elle en direction de la fenêtre.

— Nous ne le répéterons pas : sortez immédiatement, les mains en l'air. Sinon, nous serons obligés de recourir à la force.

Ken risqua un nouveau coup d'œil dehors.

— Uniformes noirs, camionnettes noires. Ils ont l'air officiels.

Jade et Teagan échangèrent un coup d'œil, puis regardèrent Ed, qui ne donnait pas de signes de réveil.

— C'est forcément lui qu'ils viennent chercher, insista Jade. On n'a qu'à obéir.

— Et si ce sont des ennemis ? fit Teagan, apeurée.

Jade vint la prendre par les épaules, toujours sans se relever, et la regarda dans les yeux.

— Écoute, je sais que tu as fait un cauchemar, mais je t'assure que ces hommes ne sont là que pour arrêter mon père. Ce n'est pas après ton bébé qu'ils en ont.

— Qu'est-ce qui nous le prouve ? répliqua Teagan, incapable d'empêcher ses lèvres de trembler, ni ses larmes brûlantes de couler sur ses joues.

— C'est l'hypothèse la plus logique, voilà tout. Et si j'en crois mon expérience, ces hypothèses-là sont généralement les bonnes. Contrairement aux théories du complot et autres histoires d'agents secrets. On a un fugitif parmi nous, ces gens sont là pour le reprendre. Et vu ce qui se passe là-dehors, j'aime autant me rendre, répondre à quelques questions et peut-être me retrouver en sécurité que risquer de me faire bouffer par des monstres.

— Comment ça, un fugitif ? s'étonna Ken. Ton père est en fuite ?

— Pas maintenant, s'il te plaît, fit-elle, agacée, avant de s'adresser à nouveau à Teagan. Personne ne veut te prendre ton bébé. Ça ne tient pas debout, et mon père n'aurait jamais dû te laisser croire ça.

— Mais on n'en sait rien, protesta la jeune fille.

Sa voix devenait geignarde, elle s'en rendait bien compte ; mais elle s'en moquait. C'était de son bébé qu'il s'agissait. S'ils prenaient la mauvaise décision, ils n'auraient pas la possibilité de revenir en arrière.

— Et de toute façon… Même s'ils sont là pour ton bébé, ou pour nous tous d'ailleurs, on n'a pas tellement le choix. On n'a que deux pistolets et je suis nulle en maniement d'armes à feu. S'ils veulent nous embarquer, ils y arriveront ; on ne peut pas faire grand-chose pour les en empêcher. Il vaut mieux obéir à la logique qu'à la peur.

Teagan poussa un cri. Jade la prit dans ses bras.

— Je te jure qu'ils ne sont pas venus pour toi.

— Je compte jusqu'à dix ! reprit la voix à travers le mégaphone.

— D'accord ! On sort ! cria Jade, exaspérée.

Elle posa son arme par terre, et Ken l'imita.

— Attendez ! intervint Teagan. On devrait en garder une au cas où on tomberait sur un monstre dans le couloir, non ?

— Bien vu, dit Ken en récupérant la sienne avant de la glisser à sa ceinture au creux de ses reins.

Jade embrassa son père sur la joue en murmurant quelques mots que Teagan ne comprit pas. Cette dernière lança un dernier coup d'œil à l'homme qui lui avait – ou non – sauvé la vie deux fois. Malgré tout, elle ne lui souhaitait pas de mal. Elle se sentait reliée à lui par un fil, ténu certes, mais qu'elle n'était pas prête à rompre.

Ils sortirent dans le couloir. Jade alluma sa lampe électrique au moment de s'engager dans l'escalier. Au rez-de-chaussée, Ken fit une halte avant de pousser la porte du hall, le temps de déposer son arme par terre dans un angle.

— Pas envie de me faire descendre, expliqua-t-il.

Ils sortirent dans le hall les mains en l'air et se retrouvèrent face à deux hommes en combinaisons Hazmat qui leur donnaient des allures de cosmonautes, avec casque étanche, appareil respiratoire isolant et tout. Un troisième les accompagnait, mais lui portait une tenue noire, genre forces spéciales. Son visage disparaissait derrière ce qui devait être un masque à gaz, et il les tenait en joue.

— Vous êtes combien en tout ? demanda-t-il d'une voix assourdie par le masque.

— Il n'y a plus que mon père là-haut. Vous l'avez atteint avec vos fléchettes, il est inconscient.

Un des deux types promena une lumière sur les trois jeunes gens, puis s'attarda sur la blessure de Ken.

— Qu'est-ce que vous avez, là ?

— J'ai été mordu par une des créatures qui ont l'air d'être des extraterrestres.

— On a un contaminé, articula dans un micro un des deux types en Hazmat.

Soudain, deux autres commandos accoururent et tinrent eux aussi en joue Ken, Jade et Teagan. L'un d'entre eux brailla :

— Dehors ! Vite !

Teagan se sentit propulsée vers le parking en même temps que les autres, trois fusils braqués dans le dos.

— S'il vous plaît, ne tirez pas ! s'écria-t-elle.

— La ferme, répliqua un des commandos. Avancez !

Ils furent rejoints par deux commandos supplémentaires, également masqués, plus une femme en combinaison Hazmat.

— Qu'est-ce qui se passe ? demanda Jade.

— On ne pose pas de questions, coupa un commando. Il y a combien de temps que vous vous êtes fait mordre ? demanda-t-il à Ken.

— Une dizaine de minutes, pourquoi ?

— Vous êtes le seul ? questionna à son tour la femme en Hazmat, qui elle aussi promenait sur eux la lumière d'une lampe.

— Oui, il n'y a que lui, répondit Jade. Mais qu'est-ce qui se passe ? répéta-t-elle. C'est *quoi* ces trucs qui mordent ?

— Et l'homme qui est là-haut, il a été mordu ? intervint un autre commando.

— Non, je ne crois pas. Ken ? demanda-t-elle.

— Non, seulement moi. Mais qu'est-ce que c'est, tout ce bazar ? Et qu'est-ce que vous voulez dire par « contaminé » ? Contaminé par quoi ?

— Faites monter ces deux-là dans le van, dit un des deux commandos à la femme en Hazmat.

— Bien, sergent. Il faut venir avec moi maintenant, dit-elle poliment à Jade et Teagan.

— Minute, fit Jade. Qu'est-ce que vous allez faire de Ken ? Et de mon père ?

— S'il vous plaît, répéta la femme d'un ton aimable mais ferme. Venez avec moi. On ne peut pas rester ici.

— Qu'est-ce qui se passe ? demanda une nouvelle fois Ken en tentant de rejoindre les deux jeunes filles malgré le commando qui se tenait devant lui. Pas question de les embarquer comme ça !

— À genoux ! vociféra un des commandos en visant Ken.

Affolé, les yeux ronds, celui-ci recula.

— S'il vous plaît, expliquez-moi juste ce qui se passe. Où allez-vous les emmener ?

— À genoux ! hurla à nouveau l'autre.

— Allez vous faire foutre ! cracha Ken.

L'homme lui tira une unique balle en pleine tête. Il s'affaissa comme une poupée de chiffons.

Teagan et Jade se mirent à hurler. La femme les poussa vers les portes ouvertes de la camionnette. Voir Ken se faire tuer comme ça devant elles… c'était complètement surréel. S'ils abattaient les gens comme ça, avec autant de facilité, ça signifiait que désormais, on pouvait s'attendre à tout. Y compris à ce que l'armée vienne vous kidnapper pour vous prendre votre bébé.

— Salauds ! cria Jade en essayant de se dégager pour courir vers Ken.

Un autre commando lui assena un coup de matraque au niveau des reins. Elle tomba à terre. Teagan avait la tête qui tournait. Que faire ? Elle avait envie de se précipiter vers Jade, mais déjà on la poussait à avancer ; et puis elle ne pouvait pas mettre la vie de son bébé en danger. Tout allait si vite…

Jade fit mine de se relever. Le soldat la frappa à nouveau, cette fois dans les côtes. Elle poussa un cri. On entraîna Teagan vers un autre van noir, dont les portes étaient aussi ouvertes. Tout se mit à tourner. Sentant ses genoux plier, elle chercha à se rattraper à quelque chose.

Elle tomba contre la femme en combinaison. Avant de s'évanouir, elle eut le temps de voir son visage stérile et froid derrière le verre du casque et dit :

— Je vous en prie, ne faites pas de mal à mon bébé.

3

Boricio Wolfe

19 octobre, 3 h 15.
Quelque part en Alabama.

— Et sinon, les gringalets, vous avez déjà trempé votre biscuit ?

Au volant du camion blindé, Boricio fonçait dans la nuit sur l'autoroute déserte en essayant de ne pas prêter attention au néant qui suintait de partout, et en cherchant par tous les moyens à se distraire. Pas facile, quand on n'avait pour passager que deux mômes qui n'avaient même pas encore défait leur braguette et goûté à grands coups de reins aux bonnes choses de la vie.

Silence sur la banquette arrière.

— C'est tout, comme anecdotes croustillantes ? Me dites pas que j'ai deux gonzesses dans ma team ? Je me fous que vous vous soyez branlés toutes les nuits avec ou sans la petite culotte de votre sœur ; moi ce que je veux, c'est une bonne histoire de cul. Et pas plus tard que tout de suite, conclut-il en se retournant vers les deux ados. Alors ? C'est lequel qui commence ?

Ils n'eurent même pas le temps de répondre.

— Laissez tomber, les gars. Allez vous faire foutre tous les deux. C'est moi qui commence, tiens. Vous n'avez qu'à peaufiner vos histoires pendant ce temps, et démerdez-vous pour qu'elles vaillent le coup !

Les yeux sur la route, Boricio entama son récit.

— J'avais treize ans, et non, j'ai pas honte d'avouer que j'ai mis tout ce temps à dépasser le stade de la paluche, précisa-t-il en frappant le volant des deux mains, hilare. J'étais chez mon cousin Charlie pour une beuverie, et… Oui ! Un homonyme, fit-il en croisant le regard de Charlie dans le rétro ; sauf que lui, c'était pas un pédé. Il aimait la chatte, et en plus, il aimait bien en parler ! C'était le fils du frère aîné de ma mère, un vrai salopard qu'avait pas inventé la poudre, mais il pouvait pas blairer mon vieux et il gardait un œil sur moi. Et c'était pas rien, vous pouvez me croire, parce qu'il y avait personne d'autre pour le faire à cette époque-là. Donc, je passais le week-end chez lui, comme ça m'arrivait trois ou quatre fois par an, pour une de ces grosses fiestas bien déglinguées, et y avait un monde fou dans l'appart. J'ai jamais su ce que ça fumait, là-dedans. On m'en a filé qu'un petit peu parce que d'après Charlie ça coûtait super cher. Mais de toute façon, j'ai eu besoin que d'une taffe ! Paf ! Dans les pommes direct.

Boricio se retourna une nouvelle fois.

— Hé, vous m'écoutez, derrière ? Ça vaut largement la téléréalité en prime time, là ! Alors j'aimerais bien vous voir tendre l'oreille, les mecs.

Cela fit rire Adam et Charlie, qui s'avancèrent obligeamment sur la banquette pour paraître plus attentifs.

— Nettement mieux !

Cette fois-ci, la paume de Boricio s'abattit sur le siège passager.

— Donc, je me réveille va savoir combien de temps plus tard, avec une montagne de gobelets vides partout autour de moi et la tête comme un compteur à gaz. En plus, les enceintes que Charlie avait piquées envoyaient toute la gomme – j'en pouvais plus. Je me rappelle encore le morceau… Comment ça s'appelle déjà, merde… fit-il en claquant des doigts. Bah, de toute façon, vous pouvez pas connaître ça, vous les mômes. Ça date d'avant que votre mère hésite entre vous avaler ou laisser papa déposer la p'tite graine.

Nouveau coup sur le volant.

— *Groove Is in the Heart* ! Deee-Lite ! Ça vous dit quand même quelque chose ?

Les deux ados firent signe que non.

— Ça date peut-être pas d'hier, mais c'était vachement bien. Bref, c'était tout juste si je saignais pas des oreilles. Je sais pas pourquoi, j'avais perdu ma chemise. Et le truc que j'avais fumé m'avait tellement flingué la tête que j'y voyais pas clair. J'ai trouvé la salle de bains je sais pas trop comment et j'ai dégueulé tripes et boyaux. Puis je suis retourné me coucher et je me suis rendormi. Mais je me suis réveillé, et j'avais l'impression que je roupillais depuis cinq minutes à peine. Et là, j'ai entendu ma braguette qui descendait. J'ai voulu regarder ce qui se passait, mais j'avais la tête qui tournait trop, j'ai pas pu. Tout à coup, j'ai senti une bouche de gonzesse qui me bouffait. Je m'étais déjà astiqué je sais pas combien de fois avant ça, mais là, c'était autre chose ! Et en vrai, en 3D ! Je me suis pas fait prier, je vous le dis. Je lui ai enlevé son chemisier et j'ai commencé à lui rouler des pelles comme j'avais vu faire dans les films. Elle avait pas bon goût mais je m'en foutais – j'allais baiser pour la première fois !

— Et alors ?

Charlie, qui était assis tout au bord de la banquette, à présent, ouvrait des yeux de gamin le matin de Noël. Quant à Adam, il était carrément bouche bée.

— Et alors, elle a pris les bijoux de famille dans sa bouche. J'en revenais pas. Je me disais que j'allais me réveiller dans mes draps tout mouillés mais non, elle a continué à me sucer, et moi je restais étalé là à couiner comme un petit cochon. Et alors, elle m'a demandé si je voulais me finir en la baisant. Tu parles si j'étais d'accord ! Alors elle s'est assise sur moi. Mais ça n'a pas été beaucoup plus loin... À peine entré que ça giclait déjà.

— Et ça s'est terminé comme ça ?

— Ouais, à part les applaudissements... Charlie et ses potes bas du front étaient tous là à nous regarder ! Ils étaient au moins dix. Et moi je m'étais rendu compte de rien.

Charlie et Adam éclatèrent de rire.

— Je vous avais dit que c'était du lourd ! Allez Adam, c'est ton tour maintenant. C'était quand, la première fois que t'as grimpé aux rideaux ?

Le jeune homme eut l'air très gêné, mais il n'y couperait pas et il le savait.

— J'avais seize ans et ça s'est passé dans un jardin public. J'ai jamais eu le droit d'inviter des potes chez moi. Y avait une fille qui me plaisait vraiment, Rebecca elle s'appelait. On était ensemble en cours d'histoire, en seconde. Je peux pas vraiment dire qu'on sortait ensemble, parce qu'on n'est jamais allés nulle part, mais je savais que je lui plaisais et c'était réciproque. Un jour, les cours ont fini plus tôt que d'habitude et comme mes parents n'étaient pas au courant, on est allés au parc bosser sur un exposé d'histoire qu'on devait faire ensemble. Elle m'a demandé si je voulais qu'on « le » fasse mais moi, j'étais pas très chaud parce que j'avais tout le temps l'impression que mon père regardait par-dessus mon épaule, même quand il était pas là du tout. Cela dit, dès qu'elle en a parlé je me suis mis à bander comme un fou. Et là, elle s'est mise à me souffler dans l'oreille, à me frotter le pantalon… Alors même si j'avais la trouille et bégayais à moitié, j'ai fini par dire OK. On est allés dans sa bagnole – une vieille Corolla. Ça n'a duré que quelques minutes. D'accord, c'était vachement mieux que quand je m'« entraînais » tout seul à la maison, mais pas non plus à la hauteur de mes espérances. Elle m'a dit que j'avais été super. Comme je ne voulais pas rentrer chez moi, on est restés à discuter deux bonnes heures sur la banquette arrière. Évidemment, je suis rentré à la bourre et mon père m'a filé une rouste.

— Au moins tu t'es vidé les roustons avant la rouste ! s'esclaffa Boricio.

— Ouais, répondit vaguement Adam, qui semblait à mille lieues de là.

— Et alors ? T'as recommencé, avec elle ?

— Non. La seule fois où on s'est retrouvés seuls après les cours, c'était pour attendre devant le bahut qu'on vienne nous chercher en bagnole. C'est mon père qui s'est pointé, et il m'a dit que c'était une pute, et que de toute façon, pour accepter de coucher avec moi, fallait être encore plus minable que moi.

Boricio secoua la tête, puis regarda Charlie dans le rétro.

— Et toi, alors, Charlie Brown ? La première fois que t'as fait la bête à deux dos ?

— Je suis toujours puceau, répondit-il en rougissant légèrement. J'avais un faible pour une nana qui s'appelait Josie, on se voyait souvent, mais elle s'est mise à fréquenter la Bande des Garces et là, elle a commencé à me regarder de travers. Mais j'en ai rien à foutre d'elle, de toute façon. Je suis comme Adam : mon père me laissait pas souvent sortir, alors les occasions étaient rares.

Boricio pouffa de rire.

— Ben voyons ! C'est pas plutôt parce que t'es gaulé comme une allumette et que t'as l'air de te laver la figure avec du poulet frit, non ?

Boricio inclina le rétro pour chercher le regard de l'ado.

— Je te charrie, hein ! C'est comme ça qu'on devient potes, dans la Boricio Team, mon gars ! Bref ! Vu que t'as pas d'histoire de cul à nous raconter, si tu nous parlais un peu de ton enfoiré de père ?

— Je vois pas ce que ça a d'intéressant.

— Au contraire, répliqua Adam, sans doute désireux de détourner la conversation, le sujet étant un peu embarrassant pour eux deux.

— Bon. Ben, il n'était pas aussi sadique que celui d'Adam. C'est juste qu'il ne ratait pas une occasion de m'humilier. En me donnant des noms de fille, par exemple. Nancy, Mary, Melinda… j'ai eu droit à tout. Tout était bon pour me rabaisser, en fait – en se donnant le beau rôle, évidemment. Ou alors il me traitait de pédé, vous voyez le genre.

— Et ta mère le laissait faire ? s'enquit Boricio.

— En général, devant elle il se présentait sous son meilleur jour. Elle savait bien qu'il m'en faisait voir, mais sans se rendre compte à quel point. Le pire, c'est qu'il l'avait convaincue que c'était pour mon bien. Comme s'il me rendait service ! Sinon, il ne me tapait pas dessus, pas vraiment, mais un jour il m'a foutu une trouille terrible. Ma mère était sortie pour la journée avec sa copine Colleen pour « relookage de la quarantaine » comme elle disait. Et Bob m'a dit que si je ne récurais pas les poubelles, alors qu'il avait promis à ma mère de le faire, il m'emmènerait dans les bois et il me ferait ce qu'il aurait dû me faire dès le jour où il avait rencontré ma mère. En précisant que là-bas, « personne ne m'entendrait crier ». Alors OK, il m'a peut-être jamais mis la main dans le broyeur à ordures, mais c'était quand même un connard de première.

Charlie se laissa aller d'un coup contre le dossier de la banquette.

— Le plus bizarre, c'est que j'aurais pu le supporter s'il ne s'était pas aussi comporté comme un vrai salaud avec ma mère. Il la traitait comme une merde. Il n'arrêtait pas de la dénigrer, de la dominer. Avant, elle était marrante, ma mère. Traitez-moi de pédé si ça vous amuse mais avant Bob, ma mère, c'était un peu ma meilleure amie. Petit à petit, il l'a comme vidée de toute sa substance. Il a pris tout ce qu'il y avait de joyeux en elle et il l'a remplacé par de la peur et de la dépendance affective.

Le silence se fit dans le camion. Puis Boricio lâcha :

— Pédé.

Charlie ferma les yeux, puis éclata de rire. Adam l'imita et tous trois s'esclaffèrent pendant presque un kilomètre. Ils arrivèrent en vue d'une station-service. Pas de lumière, personne en vue. Boricio s'arrêta, puis se retourna vers les deux jeunes.

— Presque tous les salopards de la Terre ont foutu le camp, déclara-t-il. Charlie, t'as vraiment pas de bol que le tien ait survécu à l'apocalypse, sans compter qu'en plus, il t'a piqué ta nana. Et si on lui rendait une petite visite, à ce cher oncle Bob, hein ? Qu'est-ce que vous en dites ?

4

Luis Torres

17 octobre, 6 h 40.
East Hampton, New York.

Brent, Jane et Emily regardaient par la fenêtre les lumières du ferry fendre le brouillard matinal. Alors que le bateau n'était pas censé arriver avant huit heures…

— On y va, fit Brent en se tournant vers Luis.

— Je me demande… Y a un truc qui cloche. Il est trop en avance.

— C'est peut-être normal. Ou alors, c'est le départ qui est à huit heures, et l'embarquement se fait plus tôt.

Non, ce n'était pas normal. Luis en était viscéralement convaincu.

— Ça m'étonne, fit-il. Je crois qu'on devrait attendre un peu.

— Pourquoi ? Tu crois que les extraterrestres ont arraisonné un ferry ?

— Mais non.

« Viscéralement » était à prendre au sens propre, à présent. Une douleur aiguë lui transperça l'abdomen. Plié en deux, il avait l'impression d'avoir la pire intoxication alimentaire de toute sa vie.

— Ça ne va pas ? interrogea Brent.

Luis fit signe que non, ça n'allait pas du tout.

Il s'élança dans l'escalier et retourna dans la salle de bains sans fenêtre. Dans le noir, il se jeta à genoux devant les toilettes – juste à temps. C'était comme si ses entrailles lui remontaient dans la gorge avant d'exploser dans la cuvette. Il claqua la porte, puis récupéra à tâtons la lampe électrique dans le lavabo. Il l'alluma et positionna le faisceau vers le haut.

Il s'essuya la bouche d'un revers de main en espérant qu'il n'avait plus rien à vomir. Mais les lames invisibles qui lui fouillaient l'estomac se remirent en mouvement. Il poussa un cri et régurgita un nouveau geyser. Ça ressemblait à de grosses cordes noires. Il braqua la torche vers la cuvette. C'était bien ça. *Non, pas des cordes.* Ça bougeait.

Des vers.

Il rabattit brutalement le couvercle et tira la chasse. Puis il examina son bras. Sous la peau, les vers s'étaient multipliés. Sur une impulsion, il reporta son regard sur son bras gauche, celui qui n'avait pas été mordu. Là aussi, les vers grouillaient sous la surface. Le phénomène se propageait dans tout son corps. *Contaminé !*

Qu'est-ce que c'est que cette horreur ?

Brent frappa à la porte.

— Luis, ça va ?

— Fous le camp !

Luis alla fermer la porte à clef. Il fut pris de nouveaux vomissements. Puis il se releva et ouvrit l'armoire de toilette avec une telle violence que le miroir vola en éclats. Il inspecta le contenu jusqu'à trouver ce qu'il cherchait : une lame de rasoir, à l'ancienne. Brent continuait à cogner à la porte.

— Luis ? Qu'est-ce qu'il y a ?

Mais quel emmerdeur, celui-là !

— J'arrive ! grogna-t-il. Fous-moi la paix.

Il regarda à nouveau *ces saloperies de vers* et s'entailla le bras droit.

La douleur était vive. Il serra les dents. Le sang qui coula dans le lavabo était orange foncé, couleur de rouille liquide. Luis reposa la lame et enfonça deux doigts dans sa plaie. Il attrapa deux vers immondes, gluants, blancs et striés de sang, serra et tira d'un coup sec. Au lieu de se sectionner, comme il l'avait craint, ils se dévidèrent comme des spaghettis. Il retira ainsi de son corps quinze, trente, puis quarante centimètres de vers avant d'en voir le bout.

Il les leva devant son visage et en regarda attentivement la tête : on distinguait une minuscule bouche ouverte pourvue de multiples dents fines comme des aiguilles. Les vers se contorsionnaient dans sa main, visqueux, enduits de sang et de liquide noir.

Mon Dieu... mon Dieu...

Révulsé, il les jeta dans le lavabo, où ils heurtèrent l'émail avec un bruit mouillé avant de filer vers la bonde et de disparaître en un clin d'œil.

Complètement affolé, Luis n'avait qu'une envie – non, un *besoin* impérieux : arracher ces abominations, jusqu'à la dernière. Au moment de replonger les doigts dans l'entaille, il vit que celle-ci était en train de se refermer.

La panique reflua, remplacée par la stupeur muette. La plaie n'était déjà plus qu'un souvenir.

Qu'est-ce que je suis devenu, bordel ?

En se contemplant dans la glace, il détecta un mouvement juste sous son œil droit. Il ferma les paupières et se laissa aller en avant, le front appuyé contre la surface froide.

Des coups frappés à la porte. Une fois de plus. Il alla ouvrir.

— Quoi encore ? aboya-t-il.

Brent recula, les yeux ronds. Luis regretta de s'être emporté ; cela ne lui arrivait pratiquement jamais. La tension, la colère et la frayeur rivalisaient pour prendre le contrôle de son esprit… ainsi sans doute que la chose qui s'était introduite en lui.

— Excuse-moi.

Il n'avait nulle envie de s'excuser, mais c'était ce qu'il fallait dire, il le savait. En réalité, il ressentait plutôt un besoin irrépressible de frapper Brent ; et de le frapper *fort*. Il se contint.

— Il faut y aller, reprit Brent. Je ne veux pas courir le risque que le ferry parte sans nous.

— Je reste.

— Mais pourquoi ?

Brent parcourut rapidement du regard les morceaux de miroir brisé, le sang, le liquide noir, la lame de rasoir… Il était journaliste. On ne la lui faisait pas.

— Oh, non… Qu'est-ce qui se passe ?

— Vas-y, toi. Emmène les filles, et fichez le camp.

— Je ne partirai pas sans toi. Sois raisonnable. Sur Black Island, il y aura des gens qui pourront te soigner.

— Ah ouais ? Et comment il sait ça, le journaliste, hein ? Tu l'as lu dans ton journal ?

Luis se rendait bien compte que sa réaction était disproportionnée mais il ne pouvait pas s'empêcher de s'en prendre à Brent. Il supportait de moins en moins ses interférences. Qu'il le laisse tranquille ! Il n'avait pas de comptes à lui rendre.

— Il faut qu'on te trouve de l'aide, reprit son ami en le regardant droit dans les yeux.

La colère noire de Luis disparut aussi vite qu'elle était venue ; elle céda la place à la peur, au remords vis-à-vis des paroles qu'il venait de proférer et – fait nouveau – à une profonde tristesse. Décidément, la chose qui l'avait envahi mettait une belle pagaille dans ses émotions.

— Vous devez absolument partir sans moi, insista-t-il, au bord des larmes. Il m'arrive quelque chose, et je ne veux pas risquer de vous faire du mal.

— Je t'ai dit que je ne partirai pas sans toi. On va s'en sortir, tu vas voir. Et retrouver nos familles.

Luis sourit, incapable de soutenir le regard de Brent.

— Tu continues à y croire, hein ?

Il revit le sourire irrésistible de sa fille et céda pour de bon aux larmes. Il repensa une fois de plus à leur dernière journée ensemble. Les enfants semblaient presque blasés de naissance, par les temps qui couraient ; mais Gracie, elle, avait gardé toute son innocence. Elle l'aimait avec une sincérité, un abandon qui faisaient fondre les icebergs dont il avait si bien su entourer son cœur… comme sa mère avant elle. Il déglutit avec peine. Les larmes lui brûlaient les yeux.

— Tu crois qu'elle est toujours vivante ?

— Oui, répondit Brent en lui posant une main sur l'épaule. J'en suis convaincu.

— Tu m'emmerdes, à me donner de l'espoir comme ça, fit Luis en souriant tant bien que mal.

— Et tu crois aussi que sur l'île, ils pourront me soigner ?

— Oui.

— Mais comment tu peux le savoir ?

Luis se rendait bien compte qu'il s'exprimait comme un petit enfant apeuré, mais pas moyen de contenir le débordement de ses émotions.

— Je le sens comme tu sentais, toi, que tes visions du 15 octobre étaient vraies.

Rien à répondre à ça…

En bas, Jane appela :

— Venez ! Je crois que le ferry va partir !

— Comment ça ? cria Brent. Il est loin d'être huit heures !

Luis ferma les yeux et ravala ses larmes. Il avait trop envie de donner du crédit aux propos de son ami. De tenter le tout pour le tout, et de croire que non, il n'allait pas se transformer en monstre comme Joe. Qu'il reverrait bientôt sa petite fille.

On avait vu plus bizarre.

Il se redressa.

— OK. Allons-y.

5

Callie Thompson

18 octobre.
Pensacola, Floride.

Après son sauvetage par Bob et son retour « chez eux », Callie passa le plus clair de la journée toute seule.

Avait-il compris qu'elle l'avait drogué ? Elle n'en était pas sûre. Il se comportait bizarrement. Il disait par exemple qu'il avait besoin de temps « pour penser à des trucs ». Ce qui n'était pas pour déplaire à la jeune fille. Elle monta dans sa chambre et chercha un moyen de passer le temps. Elle alla voir dans celle de Charlie s'il n'avait pas par chance laissé des livres ou des bandes dessinées : la bibliothèque de la maison ne contenait que des bouquins d'économie ou de gestion…

À sa grande déception, elle constata qu'il avait emporté le fourre-tout contenant ses lectures préférées. Au moment de ressortir, elle avisa dans un coin un sac plus petit, de couleur bleue. Elle le posa sur le lit et l'ouvrit. À l'intérieur, une dizaine de cahiers à spirale, pour la plupart écornés, pleins d'esquisses de monstres, de formes bizarres et de paysages extraterrestres. Charlie dessinait drôlement bien !

Elle ôta le cahier du dessus, dont la couverture verte cachait des pages couvertes de problèmes de maths alternant avec des griffonnages. Les suivants étaient du même genre, certaines pages étant toutefois ornées de dessins plus aboutis, notamment le portrait à l'encre d'une fille derrière une table qui avait manifestement été exécuté en classe. Par rapport aux autres gribouillages, il y avait apporté beaucoup de soin ; on devinait qu'il était amoureux du modèle… Elle avait l'impression de lire à livre ouvert dans la tête d'un adolescent, chose qu'elle n'avait jamais eu le loisir de faire.

Elle s'étonna que les dessins ne soient pas plus pornographiques. *A priori*, elle aurait cru que tous les jeunes garçons doués en dessin préféraient représenter des scènes salaces, réelles ou imaginaires.

Décidément, Charlie était un chouette gamin. Callie sourit.

Soudain, elle entendit Bob aller et venir dans la cuisine. Elle rangea les cahiers, retourna précipitamment dans sa chambre et poussa le fourre-tout bleu sous son lit. À l'idée que Bob pouvait tomber dessus, elle en eut l'estomac tout retourné. Il mettrait sûrement un point d'honneur à parcourir les cahiers tout en se moquant copieusement de ce pauvre Charlie.

Callie avait connu beaucoup de types comme Bob pendant sa scolarité. Le plus souvent des adolescents du type sportif qui, au fond, manquaient de confiance en eux et compensaient en persécutant les plus faibles. Ceux qui n'étaient pas comme eux. Elle n'avait jamais compris pourquoi tant de filles étaient attirées par ces garçons-là. Mais d'un autre côté, les filles faisaient la même chose : elles harcelaient férocement toutes celles qui s'intégraient mal dans leurs petites bandes parfaitement identifiées. Callie avait eu plusieurs fois maille à partir avec ce genre d'individus avant d'apprendre à se défendre.

Quand elle était en classe de troisième, par exemple, elle s'était heurtée à une fille du nom de Brianna qui s'était manifestement donné pour mission de lui pourrir la vie. Elle s'était mise à faire courir des rumeurs, la bousculer sur son passage, lui rire au nez et lui lancer des insultes. Callie n'avait jamais rien montré. Au contraire, elle faisait de son mieux pour l'ignorer. Mais le soir, elle se confiait souvent à sa mère en pleurant. Celle-ci lui disait invariablement qu'elle agissait pour le mieux en ne relevant pas ces offenses, et qu'un jour, cette Brianna irait s'acharner sur quelqu'un d'autre.

Mais Callie n'était pas satisfaite par cette réponse. Même en s'en prenant à quelqu'un d'autre, Brianna resterait une peste. Et cela l'ennuyait que sa mère se contente de cette solution de pis-aller.

De toute façon, au bout de quatre mois, il apparut clairement que la peste en question ne se trouverait pas de nouvelle victime.

Un jour, après le cours de gym, Callie trouva ses affaires inondées de vinaigre dans son casier : ses vêtements, son sac, ses affaires de classe… « On » avait également écrit SALE NÉGRESSE SALE GOUINE en grosses lettres rouges sur les parois du casier.

— Hé, Callie ! Faudrait voir à te laver des fois, lui avait lancé Brianna en ricanant, toujours entourée de sa clique de petites garces.

Elle avait eu envie de fondre en larmes. Mais pas question de lui faire ce plaisir. Alors elle avait fermé son casier et s'était éloignée, fermement décidée à tout raconter à la prof de gym, Mme Parker.

Mais là-dessus, elle avait senti quelque chose la frapper à la nuque.

Elle avait fait volte-face et découvert, par terre, une boule de papier froissé.

Alors elle avait perdu son sang-froid.

Elle s'était ruée sur Brianna en hurlant comme une possédée et l'avait violemment poussée contre les casiers.

La peste avait ouvert de grands yeux ébahis.

Jamais elle n'aurait cru qu'on puisse s'en prendre à elle – et surtout pas Callie. Et elle aurait peut-être déclaré forfait tout de suite… sans les filles qui, rassemblées autour d'elles, psalmodiaient telle une foule assoiffée de sang : *La bagarre ! La bagarre ! La bagarre !* Et Callie savait trop bien que c'était son sang à elle que ces garces voulaient voir couler. C'était dans les films qu'on prenait parti pour les souffre-douleur, pas au collège.

D'un côté, Callie avait envie de filer sans demander son reste, d'oublier ce qui venait de se passer ; mais d'un autre côté, elle sentait que c'était une occasion à ne pas laisser passer. Alors elle rassembla toutes ses forces et lui décocha un grand coup de poing en pleine figure. Brianna s'écroula. Callie lui tomba dessus à bras raccourcis – visage, tête, poitrine, tout y passa. Et sans cesser de crier, en partie parce qu'elle était folle de rage, mais aussi et surtout pour dissuader les autres filles de venir au secours de Brianna. Elle n'aurait pas fait le poids.

Quelqu'un finit tout de même par intervenir. Des bras se refermèrent autour de Callie et la détachèrent de Brianna. Elle poussa un nouveau hurlement et se retourna à demi, prête à frapper l'intruse mais, contre son oreille, une voix lui intima de se calmer.

C'était la prof de gym, qui avait toujours été super sympa avec elle. Elle la maintint serrée contre elle jusqu'à ce qu'elle se calme pendant que les filles se rassemblaient autour de Brianna, toujours à terre.

— Madame ! Elle ne se relève pas, signala l'une d'entre elles.

Une autre prof, Mme Timmons, accourut. Elle prit l'adolescente dans ses bras.

— Il faut l'emmener à l'infirmerie.

À ce moment-là seulement Callie comprit qu'elle avait salement amoché son ennemie. Elle avait le visage en sang, comme si elle avait été attaquée par un chien. Quand la porte se fut refermée sur Brianna et Mme Timmons, elle s'aperçut que, dans les vestiaires, tout le monde la regardait fixement. Avec dans les yeux un mélange de peur et d'autre chose. Une chose qu'elle ne tarderait pas à identifier comme étant du respect.

Au début, elle craignit d'avoir gravement blessé Brianna. Et si elle mourait ? Mais elle ne mourut pas ;

alors Callie crut que, terriblement vexée, l'autre fille passerait des mois à fomenter sa vengeance, avec pour conséquence une escalade de violence, une véritable guerre qui ne se terminerait qu'avec la mort de l'une d'entre elles. Mais ce n'est pas non plus ce qui se passa. Brianna devait se tenir à carreau parce que ses parents voulaient traîner le lycée devant les tribunaux, et peut-être même aussi la mère de Callie, en faisant passer leur fille pour une sainte qui se serait fait tabasser par une brute. On parla même d'agression haineuse, avec Callie dans le rôle de la coupable. Mais trop d'élèves étaient allées spontanément raconter l'affaire du casier souillé.

Heureusement, les menaces restèrent vaines. Puis le père de Brianna trouva du travail ailleurs et, à la fin de l'année scolaire, la famille déménagea.

Dès lors, Callie fut tranquille ; plus personne ne vint lui chercher des noises. Il y eut bien quelques incidents, mais pas de harcèlement caractérisé.

Dès que Callie entendit Bob retourner sur le lieu de ses « réflexions », elle prit un autre cahier dans le fourre-tout de Charlie et s'installa avec dans son lit. Celui-là était noir, sans dessins sur la couverture, et en meilleur état que les autres. Elle l'ouvrit et écarquilla les yeux : c'était le journal intime du jeune garçon.

Elle le referma aussitôt. Instinctivement, elle savait bien qu'elle ne devait pas le lire. Mais la curiosité l'emporta ; et puis en fin de compte, quel mal y avait-il à jeter un petit coup d'œil ? Cela l'aiderait peut-être à mieux comprendre Charlie, et donc à le retrouver, raisonna-t-elle.

Ce n'était pas une indiscrétion de sa part ; juste une marque d'intérêt…

Elle s'absorba dans des pages rédigées plus d'un an auparavant.

Cher papa,

Je ne sais pas combien de temps je vais pouvoir supporter la situation.

Tout a complètement changé.

Si tu voyais maman, tu ne la reconnaîtrais même pas. Elle qui était si pleine de vie, si joyeuse… Elle qui aimait faire plein de choses, et notamment avec moi… Maintenant ce Bob engloutit tout son temps, toute son énergie, comme une espèce de trou noir.

C'est une saleté de vampire, qui aspire la gaieté et le bonheur des gens au lieu de leur sucer le sang. On dirait que notre vie d'avant – avant qu'il soit là – n'a jamais existé. Comme si TOI tu n'avais jamais existé.

Quand il m'arrive de parler de toi à table, tout à coup maman ne sait plus où se mettre, comme s'il valait mieux que je m'abstienne parce que ça dérange Bob.

Je ne comprends pas comment elle peut te trahir avec un type comme lui !

Je te jure, si tu le voyais tu éclaterais de rire. Vous n'avez strictement rien en commun. Si on cherchait le contraire absolu de ce que tu es, toi, comme on cherche le contraire d'un mot dans le dictionnaire, on pourrait prendre comme exemple cet individu, ce cancer ambulant.

Je ne comprends pas pourquoi il a fallu qu'elle l'épouse.

Enfin, je comprendrais s'il avait du fric, par exemple.

J'aime bien m'imaginer que tu peux lire ces lettres. Que tu peux parfois nous voir vivre de là où tu es. Mais dans des moments comme celui-ci, je crois qu'il vaut mieux que tu n'en saches rien. Que tu ne voies pas ce que maman est devenue.

Et comment moi, j'ai pu laisser faire ça.

Je t'aime.

Charlie

Callie sentit ses yeux s'emplir de larmes. Elle tourna son regard vers la fenêtre et se demanda une fois de plus où pouvait bien être Charlie. Elle n'avait pratiquement pas eu le temps d'apprendre à le connaître, mais il lui manquait déjà beaucoup, surtout maintenant qu'elle parcourait ces pages.

Elle s'endormit en pensant à lui, et en se disant qu'elle devait absolument larguer Bob, le plus tôt possible – et tant pis pour les monstres.

19 octobre, le matin.
Pensacola, Floride.

Elle se réveilla le lendemain matin alors que Bob frappait à sa porte et entrait sans attendre qu'elle l'y autorise. Désorientée, elle s'aperçut trop tard qu'elle avait laissé le journal de Charlie ouvert sur le lit. Mais s'il le vit, Bob n'en fit pas mention. Au lieu de cela, il regardait par la fenêtre. Elle en profita pour glisser le cahier sous la couverture, quelques secondes avant qu'il ne se retourne vers elle.

— Prends tes affaires, on se casse.

— Hein ? fit-elle, surprise.

— Je vais pas rester là sans rien faire à attendre que ces saloperies reviennent. J'en ai vu encore deux hier soir et je me dis qu'il faut qu'on se trouve une nouvelle planque avant d'en voir débarquer d'autres.

— Mais... et Charlie ? Comment va-t-il nous retrouver ?

— Rien à foutre de Charlie. Il a signé son arrêt de mort, qu'il assume.

— C'est ton beau-fils, quand même ! Tu ne peux pas l'abandonner comme ça.

Il la fusilla du regard.

— Écoute-moi bien, toi. C'est pas moi qui l'ai abandonné, c'est lui qui a foutu le camp. Il ne pense qu'à lui, ce gamin. J'en ai marre de passer pour le salaud aux yeux de tout le monde et d'entendre plaindre Charlie. C'est des conneries. Maintenant que sa mère est plus là, j'ai pas envie de me farcir la même merde avec une autre pute.

— Euh, pardon ? répliqua Callie en lui jetant à son tour un regard assassin.

Elle en avait soupé de jouer le jeu. Advienne que pourra.

— Tu peux répéter ce que tu viens de dire ?

Il soutint son regard, et l'espace d'une seconde elle eut la certitude qu'il allait la frapper. Mais comme toutes les brutes dans son genre, face à quelqu'un qui ne se démontait pas, lui se dégonflait aussitôt. Alors il se contenta de lui décocher le sourire enjôleur qui lui servait à embobiner les gens, crut-elle comprendre, et à les maltraiter à longueur de temps alors que les types comme lui n'auraient jamais dû s'en tirer impunément. Une espèce de charme reptilien qui semblait fonctionner particulièrement bien avec les femmes. Mais pas avec elle.

— Mais non, ce n'est pas toi que je traitais de pute. C'était une généralisation. Je ne te savais pas susceptible à ce point.

Elle continua à le dévisager, en se demandant quoi rétorquer. Elle ne pouvait pas partir comme ça, alors que Charlie était dans la nature. Non, il fallait qu'elle le retrouve.

— Je reste là, fit-elle enfin. Pour attendre Charlie.

— Ha ! s'esclaffa-t-il. T'as le béguin pour lui ou quoi ? Ce boutonneux ?

— Mais non, c'est pas ça, s'agaça-t-elle.

— Il me semblait bien, aussi. C'est qu'un morveux. Toi, il te faut un homme.

— Comme toi ? ne put-elle s'empêcher de rétorquer ironiquement.

— T'avais pas l'air de trouver ça désagréable l'autre nuit, ce qui fait de moi un homme.

Cette fois c'était trop. Assez joué les gentilles filles. Elle se leva et lui fit face :

— Te raconte pas trop d'histoires : tu m'as violée ! Et si tu crois que j'ai oublié ce détail, tu te goures gravement, gros porc !

Les yeux de Bob lancèrent des éclairs. La colère déformait ses traits. Il ne s'immobilisa qu'une seconde avant de lui balancer une gifle sonore d'un revers de main. Callie sentit la douleur exploser dans sa mâchoire comme une boule de feu. Elle tomba.

Merde. Relève-toi.

Elle roula sur elle-même. Bob tournait autour d'elle.

— Sale pute !

Elle lui cracha dessus, mais manqua sa cible. Il lui décocha un violent coup de pied dans les côtes.

— Merde ! hurla-t-elle.

— Le viol, je vais t'apprendre ce que c'est, moi, salope ! Jusqu'à présent j'ai fait que m'amuser avec toi, mais maintenant tu vas voir ! lança-t-il en s'empoignant l'entrejambe à travers le jean.

Il lui lança un nouveau coup de pied, à la jambe cette fois. Elle se roula en boule pour former la plus petite cible possible en attendant de prendre l'avantage.

Soudain il fondit sur elle et lui maintint les bras au-dessus de la tête avant de la faire rouler sur le dos tout en lui écartant les jambes. Elle poussa un hurlement et lui cracha en plein visage. Et cette fois elle atteignit son but.

Il lui lâcha un bras le temps de la gifler durement. La douleur était intense. Callie se sentit mal, comme si elle allait s'évanouir.

— Il est temps que je t'explique deux ou trois trucs, petite pute, éructa Bob en entreprenant de lui arracher son pantalon de survêtement.

Tout à coup, une voix retentit dans la pièce. Bob et Callie se tournèrent vers le seuil, où se tenaient deux inconnus. L'un des deux tenait une batte de base-ball. Ce fut lui qui parla.

— Eh non ! C'est à toi qu'on va expliquer des trucs, mon pote. Et t'as du bol, parce que Boricio est très, très doué comme prof.

Alors, une troisième personne entra dans la chambre.

Et cette personne, c'était Charlie.

6

Edward Keenan

Il se réveilla menotté pour la deuxième fois de la semaine.

Il se trouvait dans un fauteuil, les bras dans le dos. Face à lui, un miroir strié de coulures. La lumière impitoyable des néons soulignait chaque stigmate de sa quarantaine bien tassée. Derrière lui, une porte grise qui lui rappela les « salles d'entretien » – comme on disait pudiquement – qu'on trouvait dans les locaux de la police ; des salles d'interrogatoire, en fait.

Ils avaient fini par lui remettre la main dessus, ce qui signifiait que la Terre ne s'était pas arrêtée de tourner, finalement. Les hommes de pouvoir étaient toujours au pouvoir… Et lui-même conservait assez d'importance pour qu'on l'arrête, histoire de le faire taire. Il avait mal à la tête. La dernière chose dont il se souvenait, c'était d'avoir regardé par la fenêtre. Puis, une fois à terre, d'avoir levé les yeux vers les deux filles.

Merde.

Jade ! Teagan ! Ken ! Qu'est-ce qu'ils leur ont fait ?

Il se redressa tant bien que mal dans son fauteuil, mais même s'il réussissait à se libérer, il savait bien qu'en quelques secondes il aurait de la compagnie.

On l'observait. Il sentait une paire d'yeux derrière le miroir.

— Où sont-ils ? aboya-t-il sans chercher à dissimuler sa colère. Qu'est-ce que vous en avez fait ?

Pas de réponse.

Il ferma les yeux et essaya de faire le point. Mais sans savoir pendant combien de temps il était resté inconscient, ni quelle heure il était, il était complètement désorienté. Où pouvait-il bien être ? Tout ce qu'il constatait, c'était qu'ici au moins il y avait de l'électricité… et des salles d'interrogatoire, ce qui suggérait soit un poste de police, soit, peut-être, un des sites de l'Organisation : ces locaux secrets disséminés sur tout le territoire où les agents du gouvernement pouvaient emmener n'importe qui pour soutirer les informations voulues, au besoin par la torture. Il s'était trouvé un nombre incalculable de fois derrière un de ces miroirs sans tain. Peut-être même celui-ci.

— OK, vous m'avez repris, vous avez gagné. Dites-moi juste où sont les trois jeunes et je vous laisse gentiment m'emmener croupir en cellule.

Silence.

Ils voulaient le faire craquer. Le laisser macérer dans sa peur grandissante pour accroître leur avantage quand ils viendraient enfin l'interroger. Ils attendaient qu'il montre des signes de faiblesse, pour mieux les exploiter par la suite. En temps normal il n'aurait pas cédé ; il ne leur aurait pas donné ce qu'ils attendaient de lui. Seulement voilà : ils tenaient Jade, Teagan et Ken. Et lui, il était fatigué de se battre.

Oui, il était prêt à s'avouer vaincu. Il envisagea de baisser sa garde, de se mettre à pleurer, même. Mais si c'étaient des gens qui le connaissaient – qui le connaissaient *vraiment* –, ils savaient que ce n'était pas son genre. Il ne capitulait pas si facilement. Ils comprendraient qu'il s'agissait d'une ruse, et tout ce que cela lui vaudrait, ce serait de moisir encore plus longtemps ici avant qu'on vienne le voir.

Alors il joua le jeu et regarda droit devant lui, à travers le miroir, l'inconnu qui était certainement là à l'épier.

— Je sais que vous, là-derrière, commença-t-il en affectant une expression neutre et un ton égal, quoique empreint de lassitude, vous me tenez. D'accord, je me suis enfui quand l'avion s'est écrasé, mais je n'ai rien à voir avec l'accident. En fait, j'ai même pensé que c'était *vous* qui aviez tout manigancé pour m'éliminer, ou au contraire pour m'exfiltrer et m'installer quelque part comme taupe – va savoir. Je suis donc obligé de vous demander ce que vous attendez de moi. Vous n'avez qu'à le dire. Je parlerai. Vous voulez que je marche dans votre petite combine, que je plaide publiquement la démence en disant que, bien sûr, j'abattrai encore des gens si on m'en donne l'occasion ? Pas de problème : vous n'avez qu'à mettre la caméra en marche. Je ferai et dirai tout ce que vous voudrez, j'avouerai tout, tout de suite. Mais s'il vous plaît, relâchez ma fille et les deux autres jeunes.

Il déglutit en contemplant son reflet. Il y avait longtemps qu'il n'avait plus cherché, en se regardant dans la glace, à voir au-delà des apparences – le père qui avait tant perdu. *Tout* perdu, peut-être. Il ferma les yeux et s'efforça de ne pas laisser l'apitoiement s'enraciner dans son esprit.

— Vous avez des enfants ? demanda-t-il à ses ravisseurs invisibles. Parce que vous savez, ça peut être drôlement chiant, les enfants. Ma femme et moi, on n'en voulait pas, au départ. Enfin, surtout moi. Elle disait qu'elle non plus, mais allez savoir ce qui se passe tout au fond de la tête des femmes ? L'envie d'enfant, c'est inné, chez elles. Même quand elles disent qu'elles n'en veulent pas, quelque part, la petite voix de la biologie leur souffle : « Tu sais bien que si. » Possible que ce soit inné chez les hommes aussi, d'ailleurs. Je n'en sais rien. Je ne pensais vraiment pas en vouloir. Mais quand Jade est arrivée, j'ai changé d'avis.

Les paupières toujours closes, Ed poursuivit :

— Le plus bizarre, quand on fait des mômes, c'est que… On croit savoir qui on est, ce qu'on attend de la vie, ce qu'on veut faire et être, toutes ces manifestations d'orgueil démesuré… On fait des projets en béton armé, on se trimballe la certitude inébranlable d'être sur terre pour faire une chose bien précise et rien d'autre. Mais à la seconde où votre môme vous regarde avec ses grands yeux pleins de confiance et d'amour, toutes ces choses que vous êtes convaincu de ne pas mériter… alors là, on remet tout en question. On se met à croire qu'on est appelé à faire de grandes choses, parce qu'on veut être admiré de son gosse. Avoir une importance déterminante dans son petit monde. Il y a des gens qui vivent toute leur vie sans comprendre ça, cette incitation à se transcender. Ils ne ressentent jamais cette chose-là. Mais moi, je l'ai ressentie.

Il rouvrit les yeux et regarda dans la glace.

— Et je l'ai combattue. J'ai choisi l'Organisation au lieu de suivre ce que me dictait mon cœur. J'ai fait ce que *vous* attendiez de moi. J'ai fait la sourde oreille quand est venu l'appel à devenir quelqu'un de bien – meilleur père et meilleur mari. Ce sont *vos* instructions à *vous* que j'ai choisi de suivre parce que *vous* m'avez dit que c'était pour la bonne cause, pour que l'humanité vive un peu plus en sécurité, etc. Maintenant, regardez un peu dehors et dites-moi si, avec tout le sale boulot qu'on a fait, tous les gens qu'on a tués, tout ce qu'on a sacrifié, dites-moi si on est plus en sécurité pour autant. Est-ce qu'on a vraiment rendu le monde meilleur ? Je ne sais pas ce qui s'est passé, mais est-ce qu'on aurait pu l'empêcher ?

Ed avala péniblement sa salive, baissa les yeux, puis regarda à nouveau le miroir.

— Est-ce qu'il valait la peine que *vous* vendiez *votre* âme pour lui, le monde tel qu'il est aujourd'hui ?

Le plafonnier s'éteignit brusquement, plongeant la pièce dans le noir – et dans un silence insoutenable.

Ed fut réveillé en sursaut par le bruit d'une chaise raclant le sol.

Un homme portant une chemise bleue, un pantalon gris et des lunettes à fine monture métallique était assis face à lui. Il avait les cheveux châtains coupés court et, malgré son visage poupin, il devait être âgé d'une bonne trentaine d'années.

— Bonjour, fit-il.

Sa voix était contenue, son expression impersonnelle.

— Qui êtes-vous ? voulut savoir Ed.

— Vous d'abord, répondit l'autre en tirant de sa poche un paquet de Marlboro avant de le tendre à Ed. Vous en voulez une ?

— Non merci.

— Ça vous dérange si je fume ?

— Non, allez-y.

L'homme sortit un briquet et alluma une cigarette.

— Vous voulez dire que vous ne savez pas qui je suis ? reprit Ed.

— Pourquoi, je devrais ?

L'homme tira une longue bouffée.

— Je serais surpris que vous ne le sachiez pas, rétorqua Ed avec un grand sourire.

— Eh bien... préparez-vous à avoir une surprise, alors. Parce qu'en effet, nous l'ignorons.

— Qui ça « nous » ?

Ed regarda la fumée de cigarette décrire des volutes autour de lui ; il avait horreur de ça, mais ne voulait pas faire à son interlocuteur le plaisir de lui montrer son irritation.

— Vous vous êtes drôlement bien débrouillé sur ce parking. On aurait dit que vous aviez suivi un entraînement spécial.

— Peut-être parce que c'est le cas.

— Pourtant, notre recherche sur votre visage et vos empreintes digitales dans nos bases de données n'a rien donné.

— Bizarre, commenta Ed, qui n'en croyait pas un mot.

Ce type avait manifestement été formé à masquer tout ce qui, dans son langage corporel, pouvait trahir le mensonge ; on ne trompait pas si facilement l'instinct d'Ed.

— Alors, où avez-vous appris le maniement des armes ?

— Étonnant tout ce qu'on trouve sur YouTube de nos jours, répliqua Ed sans se départir de son sourire.

Son interlocuteur, lui, resta de marbre.

— Qu'est-ce que c'est que cette « Organisation » dont vous parlez ?

— Bon, et si on arrêtait de jouer aux cons, vieux ? Dites-moi simplement ce que vous attendez de moi et j'obéirai. Vous voulez que j'aille dire au journal télévisé du soir que je suis un tueur psychotique, et pas du tout un agent du gouvernement ? Aucun problème. Mais je veux les voir, s'il vous plaît.

— Qui voulez-vous voir ?

— Jade, Teagan et le jeune homme, là. Ken. Je suppose que vous les avez embarqués.

— On en a deux.

— Comment ça, deux ?

— L'une de ces trois personnes n'a pas survécu.

Ed fit une pause. L'autre essayait-il de le manipuler, de le faire sortir de ses gonds ? Il réussit à conserver son calme.

— Laquelle ?

— Le jeune homme. Il avait été contaminé. Nous avons dû procéder à son élimination.

Ed le dévisagea en s'efforçant de déterminer son degré de sincérité. Puis :

— Comment ça, « contaminé » ?

— Il s'était fait mordre. On ne peut pas prendre le risque d'introduire la contamination ici.

— Alors il est mort ?

— Il serait mort de toute façon. Ou bien il serait devenu l'un d'entre eux.

— À quoi on a affaire, au fait ?

— Vous ne m'avez pas encore donné votre nom.

— Edward Keenan.

L'autre ne répondit pas tout de suite. Le faisait-il exprès, ou bien cette réponse l'avait-elle désarçonné ?

Se peut-il qu'ils ne sachent vraiment pas qui je suis ?

— Eh bien... bonjour, monsieur Keenan. Enchanté de faire votre connaissance. Moi, c'est Sullivan. Et maintenant, dites-moi un peu ce que vous faites dans la vie, monsieur Keenan.

— Vous vous foutez de moi ou quoi ? À quoi jouez-vous ? Ou alors c'est vrai, vous ignorez vraiment qui je suis ? Dans ce cas je me demande qui vous pouvez bien être, vous ! Parce que si vous occupiez une position un tant soit peu élevée dans les services, vous connaîtriez mon nom – même sans savoir pour le compte de qui j'agissais réellement. Conclusion : si vous ne possédez pas cette information, je ne pense pas être autorisé à vous la donner.

Sullivan sourit.

— Je vais vous dire ce que je pense, moi, monsieur Keenan. Je pense que vous vous prenez pour ce que vous n'êtes pas. En effet, je vous prie de croire que si vous aviez la moindre importance, je saurais qui vous êtes, et nous ne serions pas ici en train de parler. Aussi, je propose que nous reprenions tout depuis le début. Donc, vous allez me dire qui vous êtes vraiment, et ce que vous faites dans la vie.

Ed ferma les yeux un instant. Puis :

— Je ne vous dirai rien du tout tant que je n'aurai pas vu ma fille et Teagan. Après ça, je raconterai tout ce que vous voudrez.

Sullivan le regarda fixement.

— Je peux faire venir Jade, mais Teagan a été transférée ailleurs.

— Qu'est-ce que c'est que cette histoire ?

— Désolé, monsieur Keenan, mais je n'ai pas l'autorisation de vous en dire plus.

7

Mary Olson

18 octobre, le matin.
Bell Springs, Missouri.

En quelques jours, Mary avait dû faire face à la disparition brutale de tout ce qui lui était familier, voir sa fille unique confrontée à un danger inimaginable et supporter un interminable confinement dans un hôtel abandonné. Mais le désespoir qui envahissait peu à peu le visage des enfants, de l'autre côté du bar, était une torture d'un genre tout différent.

— Tout va bien se passer, déclara-t-elle sur un ton digne d'une maman de feuilleton télé. Desmond ne va pas tarder à nous proposer un plan. Ensuite, soit on s'en ira, soit on décidera de camper ici un jour de plus. Dans les deux cas je vous promets qu'il ne nous arrivera rien.

Elle ajouta une cerise au marasquin et une paille dans les deux cocktails sans alcool qu'elle venait de confectionner, puis les fit glisser sur le bar vers Paola et Luca.

— Comment tu peux savoir que tout va bien se passer, maman ?

— Je le sais, c'est tout, répliqua Mary, qui n'en savait rien du tout.

— Dehors, il y a de plus en plus de *fait-très-peur*, constata Luca.

Mary et Paola échangèrent un regard. La brusque métamorphose du petit garçon était déjà étrange. Mais ce genre d'expression infantile dans la bouche d'un pré-ado – du moins en apparence –, c'était carrément déstabilisant.

— C'est quoi, le « fait-très-peur », s'enquit Paola.

— Le truc noir qui n'existait pas avant que les mauvaises choses arrivent.

— C'est-à-dire ?

— Ça vous arrive d'avoir des araignées tristes ? demanda-t-il à Mary.

Celle-ci ne put réprimer un sourire.

— Bien sûr. Je crois que tout le monde en a de temps en temps.

— Eh ben, le fait-très-peur en est tout rempli. Je crois même qu'il les fabrique. Et puis, il devient de plus en plus grand ; il sera bientôt partout partout. Alors si le fait-très-peur dehors est comme celui que j'ai vu quand je cherchais le marchand de tacos, il faut qu'on s'en aille tout de suite.

— Sinon ? voulut savoir Paola.

— Je ne sais pas. Peut-être qu'à la fin, on risquerait d'en faire partie.

Mary en eut froid dans le dos. Elle se versa un verre d'eau – elle aurait préféré quelque chose de plus fort – qu'elle engloutit d'un coup, puis lâcha :

— Je reviens tout de suite.

— Où tu vas ? s'inquiéta Paola, dont les yeux suppliants criaient silencieusement « Ne me laisse pas ! »

Mary lui lança un regard contrit et répondit :

— Je n'en ai pas pour longtemps. Il faut que je parle à Will et à Desmond. Histoire d'éclaircir cette affaire. Vous en voulez encore un peu avant que je m'en aille ? proposa-t-elle.

Paola ayant fait signe que oui, Mary lui remplit prestement son verre et ajouta deux cerises.

— Et toi ? demanda-t-elle à Luca.

— Non, moi ça va.

Mary lui sourit, puis s'éloigna du bar. Elle ne tarda pas à rejoindre Will et Desmond et à exiger des réponses, plantée devant eux les bras croisés.

— Je ne comprends pas, commença-t-elle en s'adressant à Desmond. Depuis le début vous avez toujours une longueur d'avance. Maintenant, on a besoin de vous. Qu'est-ce qu'on décide de faire ? S'il faut rester, on restera. Mais il faut qu'on sache pourquoi ! s'exclama-t-elle, dangereusement près de céder à l'hystérie.

— Je comprends, fit-il. Désolé d'être indécis, mais en toute sincérité, je ne sais pas quoi faire et j'ai le plus grand mal à mettre de l'ordre dans mes idées. D'habitude je suis mon instinct, mais pour l'instant, je ne sais pas quoi vous dire sinon que mon petit doigt cherche à me souffler quelque chose mais que pour une fois, les idées ne me viennent pas. D'après vous, Mary, reprit-il en cherchant le regard de la jeune femme, que faudrait-il faire ?

— Je n'en sais rien, et je m'en moque. Je voudrais juste qu'une décision soit prise et qu'on me tienne au courant. Je ne veux plus avoir peur tout le temps ; j'en ai assez ! Échouer, c'est laisser la peur prendre plus de place que la confiance.

— Au risque de passer pour un vieux hippie, coupa Will, il est temps pour moi de me mettre un peu à l'écart pour réfléchir dans les meilleures conditions possibles. C'est-à-dire avec l'aide de la petite fumée. Je m'en vais donc trouver Jimmy. Si vous avez encore confiance en mon instinct après le grand débarquement de ce matin, je vous promets de revenir avec un plan d'ici moins d'une demi-heure. Sinon, ma foi… je ne vous en voudrai pas. Après tout, je ne suis qu'un vieux bonhomme qui s'apprête à aller s'envaper dans un moment critique.

Sur ces mots, Will sourit et prit congé. Desmond se retourna vers Mary.

— Je vous demande pardon. Je vois bien que je ne suis pas à la hauteur de vos attentes.

— Non, vous n'y êtes pour rien. C'est moi qui ai fini par trop me reposer sur vos talents de leader. Et puis… c'est trop pour moi, tout ça.

— Vous croyez qu'il faut s'en remettre aux intuitions de Will ?

— Si j'avais un avis sur la question, je me sentirais beaucoup mieux. Pour le moment, je suis complètement perdue.

— Je vous comprends… Je n'ai pas l'habitude que mon flair me fasse défaut de cette façon, et par-dessus le marché, c'est la première fois que le sort d'autant de gens dépend de moi – c'est du moins l'impression que j'ai. De plus…

Il laissa sa phrase en suspens et son regard se perdit dans le vide.

— Quoi ? l'aiguillonna Mary. Allez-y, dites ce que vous avez en tête.

— C'est à propos de John, reprit-il un ton plus bas. Il y a quelque chose en lui qui me met mal à l'aise depuis ce matin. Je le trouve bizarre. Cela dit, vu qu'on a eu une bonne discussion d'homme à homme hier soir et qu'il avait beaucoup bu, il est peut-être gêné de s'être autant confié. Mais je sens autre chose.

— J'ai eu la même impression quand je l'ai réveillé.

Il s'était passé tant de choses depuis qu'elle ne se rappelait plus très bien ce qu'elle avait éprouvé sur le moment. Elle essaya de se concentrer, mais c'était comme avoir un mot sur le bout de la langue sans réussir à le retrouver.

Soudain, Dog Vador se mit à aboyer en les regardant depuis l'autre bout du bar.

Ils échangèrent un coup d'œil, mais restèrent silencieux. Mary se demanda ce que le chien savait de plus qu'eux. Desmond changea de sujet.

— Si Will vous inspirait de la méfiance, ce serait pour quelle raison ?

— Justement, je le crois parfaitement sincère dans tout ce qu'il dit, l'informa Mary. Mais il y a beaucoup de choses qu'il ne dit *pas*, je le sens.

— Par exemple ?

— À vrai dire je n'en sais rien, mais c'est peut-être en rapport avec Luca.

— Je me demande… soupira Desmond. Le fait qu'ils aient débarqué comme ça, à l'improviste, et que le môme ait tiré votre fille de sa catalepsie avant de prendre cinq ans d'un coup… c'est peut-être tellement bizarroïde que tout ce qu'ils font, tout ce qu'ils disent nous paraît systématiquement étrange.

— Vous ne croyez pas que Will en sait plus qu'il n'en dit sur Luca ?

— Il me semble qu'il sait beaucoup de choses sur Luca, et qu'il ne les a pas apprises simplement en discutant avec lui.

Ces propos lourds de sous-entendus planèrent un instant dans la pièce.

— Dites-moi tout, je vous en prie, l'implora Mary.

Les traits de Desmond se détendirent.

— Depuis le tout début, la première seconde, quelque chose me tracasse chez Will. Au début, j'avais beau me creuser la cervelle, je n'arrivais pas à mettre le doigt dessus. Mais cette nuit, tout à coup, ça m'est revenu. Il me rappelle un homme sur qui j'ai fait des recherches il y a environ dix-huit mois, un scientifique qui travaillait sur l'intrication quantique. D'ailleurs, il emploie presque les mêmes termes.

— Qu'est-ce que c'est que ça, l'intrication quantique ?

— Je vais pas vous l'expliquer maintenant, répondit Desmond avec un petit rire. Pour faire simple, disons que la totalité de l'univers provient au départ d'un unique atome. Avant que le big bang nous éparpille dans un milliard de directions différentes à travers le cosmos, vous voyez. Maintenant, nous sommes distincts ; mais en même temps, sur un certain plan, nous sommes tous reliés. Vous, moi, les gens et les choses, nous sommes tous *intriqués*. Et en vertu de ce principe, Will et Luca perçoivent des choses que nous ne percevons pas. Ils savaient que nous étions ici, par exemple ; et ils savaient que nous avions de graves ennuis.

— Je saisis la logique, dit Mary, mais ça n'explique toujours pas les aliens, ni ce qui est arrivé à Paola.

— En effet. Ou du moins, pas encore. Mais vus comme ça, nos deux amis font un peu moins peur, non ?

— Oui, peut-être.

Dog Vador se remit à gémir.

— Bon, mais en quoi ça nous aide à décider de ce qu'on va faire ?

— C'est une pièce du puzzle, conclut Desmond. Il faut juste que je reste un peu seul, le temps d'essayer de comprendre tout ça. Mais faites-moi confiance : on va s'en aller d'ici. D'une manière ou d'une autre.

Mary préféra ne pas s'appesantir sur ce que pouvait être cette *autre* manière.

8

Desmond Armstrong

Desmond s'était installé dans un box au bout de la rangée de postes de travail temporaires proposés par l'hôtel aux businessmen en déplacement qui avaient besoin d'un quart d'heure d'Internet et de tranquillité pendant leur séjour. Bien sûr, les écrans étaient noirs – et ils n'étaient pas près de se réactiver ; en fait, ils reflétaient assez bien l'état d'esprit de Desmond.

Celui-ci baissa les yeux sur les gribouillis et autres vagues schémas qui noircissaient trois feuilles de papier étalées sur le bureau. Pas de solution de facilité. C'était Charybde ou Scylla. Et faire le mauvais choix, c'était entraîner tout le monde dans l'abîme.

Si seulement il pouvait rassembler ses idées… Peut-être réussirait-il à aligner les couleurs du Rubik's Cube. Malheureusement il avait la cervelle en charpie – chaque fois qu'il s'approchait d'une solution possible, l'assemblage logique s'écroulait et son hypothèse se trouvait réduite à néant.

D'ordinaire, il résolvait tous les problèmes en appliquant une seule et même recette : reproduction, définition, réparation.

Un mécanicien ne pouvait résoudre un problème de moteur qu'en l'appréhendant *de visu* – ou à l'oreille ; c'était pour cela qu'on ne pouvait se contenter de *décrire* le bruit anormal : il fallait le *reproduire*.

Qu'on ait affaire à un moteur défaillant, des lignes de codes mal écrites ou une catastrophe économique imminente, la seule manière efficace de résoudre le problème était de s'immerger profondément, de se concentrer sur un point bien précis et de réduire le nombre de variables.

Desmond adorait réparer les choses, et montrait pour cela des dispositions naturelles depuis l'enfance. C'était à elles qu'il devait ses succès, aussi bien dans les affaires que dans sa vie de tous les jours. Et les solutions trouvaient leur origine dans les variables ; celles-ci ouvraient la voie à ce qu'on appelait les « prédicteurs », ou variables indépendantes, qui à leur tour lui permettaient d'évaluer la situation au plus près et de sélectionner les étapes suivantes. Mais les lois sur lesquelles il avait coutume de s'appuyer n'existaient plus… Même les hypothèses fondées sur l'expérience se trouvaient reléguées au rang de devinettes.

Commence par ce que tu sais.

Il reprit tout depuis le début.

Si tout avait disparu sur la planète, ou du moins sur les quelques centaines de kilomètres qu'ils avaient parcourus, comment un petit groupe d'individus, la plupart voisins à Warson Woods, avait-il pu survivre ? Il y avait forcément une raison à cela, et pas d'ordre géographique, puisque Will et Luca avaient traversé tout le pays depuis la côte ouest pour venir les rejoindre.

Ils représentaient une anomalie, du moins dans la partie « hôtel » de l'équation. Et Will avait bien dit qu'ils n'avaient pas rencontré âme qui vive en venant.

Ils avaient vécu leur lot de tragédies inexpliquées dans leur coin du Missouri, mais ce n'était rien à côté des histoires de connexions surnaturelles et de vieillissement subit qu'avaient apportées avec eux ces deux voyageurs, sans parler de cet épisode de rêve partagé qui, à les croire, leur avait fait franchir une aussi grande distance pour venir en aide à la petite bande de Warson Woods en difficulté.

En fait, ça avait presque un côté... prémédité. Comme si un plan se déroulait.

Mais qui disait plan disait planificateur.

Desmond manipulait distraitement un des crayons à papier mis à la disposition des clients de l'hôtel. Il finit par se briser ; il l'expédia d'une pichenette jusqu'au bord du bureau et se passa la main dans les cheveux. Il aurait donné cher pour avoir sous la main son ordinateur et un accès à l'Internet. Après tout le travail fourni par son équipe sur le thème de l'intrication quantique, il ne pouvait s'empêcher de subodorer un lien évident et susceptible de l'aider – de *les* aider – à trouver enfin la solution.

Il balaya d'un geste les trois feuilles gribouillées, qui atterrirent dans la corbeille à papier, puis reprit son carnet et entama une page vierge en traçant d'abord un grand cercle, puis une série de cercles plus petits le long de sa circonférence pour figurer les petits groupes qui se formaient à l'extérieur de l'hôtel comme autant de... ruches !

Une ruche ! C'est ça ! Les aliens forment une ruche.

Donc, logiquement, il y avait une reine.

Auquel cas elle était forcément toute proche, ou bien elle était en train de se rapprocher.

Dehors, les aliens pullulaient littéralement. On pouvait logiquement supposer que quelque chose les attirait, comme un aimant attire la limaille de fer.

Desmond poussa un petit gémissement, puis se leva et s'étira. Il arracha la page de son carnet, la froissa en boule et l'envoya rejoindre les précédentes dans la corbeille. Il sortit de son box, traversa la réception, longea la piscine et, tout au bout, entra dans une petite salle de gym. Il enfourcha un vélo à résistance mécanique. Tout de suite, les idées se mirent à défiler plus vite dans sa tête.

Il pédala trois minutes, puis régla la résistance sur 4, le dernier cran avant la vitesse de course, et s'y remit. Son esprit surfait sur plusieurs idées, mais sans pouvoir véritablement s'arrêter sur aucune. Il savait qu'elles étaient fausses avant même de leur donner leur chance.

Il était tout près d'un élément évident, il le pressentait ; une donnée utile, qui allait brusquement mettre en lumière la vérité, et tous les placer à l'abri du danger. Une chose déjà stockée dans sa mémoire, mais qu'il avait écartée car elle ne lui avait pas semblé pertinente sur le moment.

Il régla le vélo sur 6 et accéléra le rythme.

Quand son intellect finit par appréhender les contours fragiles d'une éventuelle réponse, il était en sueur. Il y avait des mois qu'il ne s'était pas donné autant de mal sur un vélo. La légendaire « ivresse du coureur de fond » était en train de s'installer. Chez lui, en stimulant les centres du plaisir, les endorphines boostaient aussi sa créativité. Ses plus brillantes idées, il les avait souvent eues en courant ou en faisant du vélo. Cette fois encore, en pédalant un peu plus fort, un peu plus vite, il trouverait la solution. Ou alors il mourrait à la tâche…

9

Dog Vador

Un peu plus tôt dans la matinée...

Dog Vador tournait en rond.

Où sont Luca et Will ?

Les choses n'étaient pas censées se dérouler ainsi. Dans ses rêves, ça se passait autrement.

Nous y sommes. Et l'heure est grave.

Mary, qui aurait pu être en mesure de le comprendre, en était finalement incapable. Pour elle, il n'était qu'un chien. Pourtant, il devait absolument lui faire savoir que cet homme était un imposteur. L'homme sombre, à cause de qui tout devenait noir.

— John, c'est l'heure de partir.

Grrr... Grrr... Grrr...

L'imposteur posa sur Dog Vador un regard chargé de haine, puis se tourna vers Mary.

Une horrible odeur de décomposition planait dans la pièce tel un épais brouillard – une marée putride en provenance de l'imposteur. Mary aurait dû la sentir. Mais les humains n'avaient pas le flair des chiens...

Il devait trouver un moyen de faire dormir Luca, puisque c'était le seul moment où ils pouvaient parler, tous les deux ; ou du moins le seul moment où Dog Vador pouvait dire ce qui devait être dit en étant certain que Luca comprendrait. Ils y étaient plutôt bien arrivés à l'état de veille les deux premiers jours ; mais c'était avant de croiser la route de Will.

Certes, ils étaient censés le rencontrer ; mais pas si tôt. Et pas comme ça.

Jimmy et Desmond rejoignirent l'imposteur, mais Will et Luca n'étaient toujours pas là. Le garçon devait être avec Paola. Et Will sans doute quelque part en train de fumer un joint.

Jimmy se dirigea vers l'escalier, laissant Desmond et l'imposteur seuls.

Grrr... Aboie, aboie, aboie, aboie... Grrr...

Les aboiements de Dog Vador se répercutèrent entre les murs de l'hôtel quasi désert. Le chien s'avança vers les bureaux. Le problème, avec les humains, c'est qu'ils avaient presque toujours les solutions sous le nez, mais qu'ils ne savaient pas ouvrir suffisamment leur esprit pour les voir.

Luca déboucha du couloir. Dog Vador s'élança vers lui, donna de petits coups de museau contre son genou, puis se frotta contre sa jambe.

— Moi aussi je suis content de te voir, dit Luca.

À ce moment-là, Jimmy déboula en courant.

— Venez vite voir !

Tout le monde le suivit à l'étage, y compris Luca, en tenant Dog Vador par la peau du cou.

— Nom de nom, fit Desmond. C'est comme ça depuis quand ?

Dog Vador regarda par la fenêtre.

La marée montait. Vite. Trop vite. Indubitablement en avance sur l'heure prévue.

Le chien sentait l'imposteur s'imprégner de son pouvoir croissant.

ABOIE... ABOIE... ABOIE... ABOIE...

VOUS NE SAVEZ PAS CE QUE VOUS FAITES.

CET HOMME N'EST PAS LE FAIBLE JOHN. C'EST UN IMPOSTEUR.

UNE PLAIE, UN FLÉAU, UNE PUTRÉFACTION SANS FIN.

UNE NUIT SANS ÉTOILES QUI NOIE JUSQU'À LA DERNIÈRE ÉTINCELLE TOUTE LA LUMIÈRE DE LA PLANÈTE.

ABOIE... ABOIE... ABOIE... ABOIE...

— Luca, tu veux bien ramener le chien au rez-de-chaussée le temps qu'on décide de la marche à suivre ? dit Will.

Luca acquiesça et entraîna le chien vers le rez-de-chaussée.

ABOIE... RRR-ABOIE... RRR-ABOIE... ABOIE...

— Je suis désolé, Seigneur Vador, mais si vous n'arrêtez pas d'aboyer et si vous ne me dites pas ce qui cloche, je ne pourrai rien pour vous, plaisanta Luca.

L'enfant s'efforça d'écouter ce que disait le chien, mais il avait déjà oublié comment on faisait.

ABOIE... RRR-ABOIE... RRR-ABOIE... ABOIE...

L'HOMME FAIBLE EST UN IMPOSTEUR. CE QUI SE PASSE N'ÉTAIT PAS PRÉVU !

ABOIE... RRR-ABOIE... RRR-ABOIE... ABOIE...

Luca posa sur lui un regard bienveillant, puis s'assit par terre en tailleur et caressa son pelage. Très curieux… en quelques minutes les joues du jeune garçon s'étaient creusées. Il fallait absolument qu'il lui parle. Si seulement il pouvait le faire dormir ! Alors tout rentrerait dans l'ordre. Mais Luca ne s'endormirait pas avant la tombée du jour. Et vu tout ce qui se passait, ce serait peut-être même tard dans la nuit.

D'ici là, le mauvais homme avait le temps de commettre un horrible méfait.

— Sage, Vador, sage. Enfin, je veux dire « Kick ».

Paola ouvrit la porte de l'escalier donnant sur le couloir du premier étage.

— Salut, fit Luca.

— Salut. Tu veux jouer au Blokus ? J'en ai trouvé un jeu.

— Non merci. Je n'aime pas y jouer rien qu'à deux. Et puis le Blokus, ça me rappelle trop ma maison et ma famille.

Dog Vador geignit.

— Au Monopoly, alors ?

— Je ne suis pas très bon, répondit Luca en baissant les yeux. Je sais jouer, mais des fois, quand les nombres deviennent trop grands, j'ai du mal. Pourquoi pas la Bataille Navale, plutôt ?

— D'accord, acquiesça-t-elle. Mais juste quatre parties alors. Après, on fait deux parties de Petits Chevaux et trois de Konexi.

— Pourquoi toi tu as droit à un jeu de plus ?

— Tu me le dois parce que j'ai cédé sur la Bataille Navale ! répliqua Paola en riant. Allez, tu viens ?

Dog Vador gémit à nouveau.

— Je reviens, OK, Vador ?

Nouveau gémissement.

— Tu peux venir si tu veux, mais tu vas t'ennuyer, prévint Luca. Si j'essaie de me concentrer, je ne pourrai pas te caresser !

Le chien continua à pousser de petits cris plaintifs, mais décidément, le garçon ne comprenait rien du tout.

— D'accord, reste avec nous. Mais tu dois comprendre que je ne pourrai pas m'occuper de toi.

Vador suivit donc les deux enfants, puis s'assit à côté de Luca, qui déballait le jeu.

Il allait au-devant d'un terrible danger, il le sentait. L'imposteur l'éliminerait à la première occasion. Mais il ne commettrait pas d'imprudence ; il n'agirait devant aucun témoin. Donc, pour le moment, il ne risquait rien. Mais ça ne durerait pas, le pire était à craindre.

Il acceptait la perspective de mourir, mais pas avant que sa mission soit accomplie. S'il pouvait prévenir Luca, ce serait mieux que rien. Il ne restait pas beaucoup d'êtres comme lui, qui formaient en quelque sorte une passerelle entre les événements passés et à venir.

Il fallait absolument qu'il plonge le garçon dans un profond sommeil ; en temps normal, ça n'aurait pas été très difficile, mais maintenant, Luca était stimulé par la présence d'autres jeunes autour de lui.

ABOIE... RRR-ABOIE... RRR-ABOIE... ABOIE...

— Ça suffit, Seigneur Vador !

ABOIE... RRR-ABOIE... RRR-ABOIE... ABOIE...

— Je ne plaisante pas ! Si tu ne cesses pas immédiatement d'aboyer, tu ne pourras plus jouer avec nous.

Grrr... Grrr... Grrr...

Dog Vador traversa le hall pour rejoindre Desmond, qui se tenait près de la sortie. Les choses noires étaient toujours là, dehors, mais elles avaient légèrement reculé, aussi les humains avaient-ils moins peur qu'elles montent à l'assaut. Dog Vador les examina, puis leva les yeux vers Desmond, qui les contemplait aussi. Il ne voulait pas le déranger dans ses réflexions, car il voyait bien qu'il s'efforçait de comprendre. Desmond avait plus de flair que les autres. Plus que Will, même, à sa façon. Ils restèrent côte à côte une dizaine de minutes. Dog Vador sentait que Desmond était tout près de découvrir ce que lui-même savait déjà. Il se demanda si cet homme avait la faculté de le comprendre. C'était le plus intuitif du petit groupe, à part Luca. Le cas échéant, il lui dirait tout ce qu'il fallait qu'il sache. Il ne pouvait plus attendre. Il devait à tout prix attirer son attention.

ABOIE... RRR-ABOIE... RRR-ABOIE... ABOIE...

— Pas maintenant, le chien.

ABOIE... RRR-ABOIE... RRR-ABOIE... ABOIE...

Desmond détacha ses yeux de la fenêtre, regarda le chien et se mit à genoux.

— Qu'est-ce qu'il y a ? Tu sais quelque chose ? Quoi ?

ABOIE... RRR-ABOIE... RRR-ABOIE... ABOIE... L'HOMME FAIBLE EST UN IMPOSTEUR, UN FLÉAU QUI CAUSERA LA RUINE DE TOUT. UNE NUIT SANS ÉTOILES QUI S'EFFACERA PEU À PEU, JUSQU'À CE QUE LE CIEL SOIT AUSSI NOIR QUE SES ENTRAILLES ! ABOIE... RRR-ABOIE... RRR-ABOIE... ABOIE...

— Tu flaires quelque chose, hein ? fit Desmond en se relevant. Moi aussi, acheva-t-il en secouant la tête.

— À table ! cria Mary.

Desmond se dirigea vers le bar. Dog Vador le suivit. À mi-chemin, ils rencontrèrent Jimmy et l'imposteur qui sortaient du couloir.

ABOIE... RRR-ABOIE... RRR-ABOIE... ABOIE...

— On devrait peut-être l'enfermer dans une des chambres, non ? suggéra l'imposteur.

— Mais non, il sera sage, intervint Luca. Hein, le chien ?

ABOIE... RRR-ABOIE... RRR-ABOIE... ABOIE...

— John a peut-être raison. Juste le temps de déjeuner, OK mon grand ?

L'imposteur déclara :

— Je monte faire le guet au premier étage si ça ne vous fait rien. Ce qui se passe là-dehors m'inquiète un peu, et puis je n'ai pas très faim.

— Pas de problème, John, dit Desmond.

Luca entraîna Vador vers les cuisines, ouvrit la porte et l'y fit entrer avec douceur, en lui donnant de petites tapes sur la tête.

— À tout à l'heure !

Puis il referma la porte.

Non, ce n'est pas possible.

Ça ne peut pas se terminer comme ça.

Vador aboya dans l'espoir que le garçon reviendrait.

L'imposteur n'allait pas tarder à se montrer. Or Dog Vador devait absolument rester en vie, au moins le temps de pénétrer dans les rêves de Luca, où tout irait bien, où il pourrait enfin tout lui révéler. Achever ce qu'il était venu faire ici avec Will et lui.

Il gratta à la porte.

Il pouvait peut-être attirer l'attention des humains en sortant de l'hôtel et en faisant tout le tour jusqu'à la porte principale. Il n'aurait jamais dû se laisser ainsi enfermer dans les cuisines. D'une minute à l'autre l'imposteur allait…

La poignée de la porte s'abaissa. Le battant s'ouvrit à la volée.

Il renifla, mais ne flaira rien.

Ou plutôt si. Il y avait bien quelque chose. Quelque chose d'affaibli… las… déshydraté… *putride.*

L'imposteur entra dans les cuisines et lui sauta dessus avant qu'il ait le temps de pousser le moindre grondement.

Le monde de Dog Vador s'obscurcit d'un coup.

10

Charlie Wilkens

19 octobre, le matin.
Pensacola, Floride.

— Qui t'es, toi ? fit Bob en se relevant.

Il reboutonna son jean.

— Toi, t'as pas bien écouté en classe… Je t'ai déjà dit que je m'appelais Boricio, pourtant. Tu regardais par la fenêtre pendant que le maître parlait ou quoi ? Tu risques de redoubler, du coup. Le règlement c'est le règlement, et face à ton manque de concentration, le professeur Boricio n'a pas tellement le choix.

Charlie regardait Callie, qui sanglotait par terre. Vu que Bob venait d'essayer de la violer, il doutait de ce qu'il avait vu dans la piscine, tout à coup. Peut-être qu'elle n'était pas si consentante que ça finalement… Il n'avait pas assisté à la scène suffisamment longtemps pour en avoir la certitude. L'idée qu'une fille qui lui plaisait ait jeté son dévolu sur Bob l'avait tellement dégoûté qu'il avait fui. Maintenant, en lisant dans ses yeux, il se sentait horriblement coupable. Si Bob l'avait déjà violée dans la piscine, alors lui, Charlie, aurait pu – ou plutôt *dû* – faire quelque chose, intervenir. Au lieu de ça, il était parti en courant, comme le dégonflé qu'il était.

— Tu peux me dire ce qui se passe, là ? cracha Bob, rouge de colère, en fusillant Charlie du regard.

— C'est plutôt à toi de me le dire, non ? répliqua le jeune garçon avec moitié moins d'assurance qu'il n'aurait souhaité.

Boricio l'avait harangué pendant tout le trajet – des centaines de kilomètres – pour qu'en retrouvant Bob, il lui règle son compte. « Le seul moyen de prendre le pouvoir, disait-il, c'est à grands coups de batte de baseball en pleine tronche. Dans la Boricio Team, c'est comme ça et pas autrement. Les enfoirés à qui ça plaît pas peuvent aller se faire foutre. »

Charlie était bien d'accord, lui qui avait craint toute sa vie les brutes de la cour de récré. *Courtesy of* Boricio, il tenait enfin une chance de reprendre sa vie en main. Et il s'en était senti capable tout du long, jusqu'à la porte d'entrée, et même jusqu'en haut de l'escalier. Mais maintenant qu'il était face à Bob, il se sentait retomber dans son ornière habituelle ; son beau-père était l'homme fort et lui, le chien docile. Un rôle familier et, comprit-il non sans écœurement, bien confortable aussi… Quand on était contraint par un tiers de courber la tête en permanence, on était dispensé de s'en prendre à soi-même pour son existence de merde.

— Casse-toi, et emmène tes petits copains, lança Bob d'un ton irrité en pointant l'index sur Charlie, sans prêter la moindre attention à Boricio.

— Je ne partirai pas sans Callie.

Bob eut un petit rire.

— Ha ha ! Tu crois peut-être que tu l'intéresses ? Mais mon pauvre vieux, t'avais pas plutôt tourné le dos qu'elle me sautait dessus comme une bonne petite pute qu'elle est !

— C'est pas vrai ! s'écria Callie. Il m'a droguée !

— Droguée ? répéta Boricio en feignant l'indignation. Bob, je dois t'avouer que je suis très surpris. Un étalon comme toi, obligé de droguer les dames ?

Bob ne répondit pas. Peut-être espérait-il qu'à force d'ignorer Boricio, il finirait par le faire disparaître ?

— Allez viens, Callie, on s'en va, dit Charlie en tendant la main à la jeune fille.

— Pas question, s'interposa Bob. Elle reste ici.

Callie l'esquiva et se précipita vers Charlie, mais Bob la rattrapa par les cheveux et la tira violemment en arrière. Elle poussa un cri et tomba. Bob la tenait toujours, comme un chien en laisse.

— Lâche-la, dit Charlie.

Il fit un pas en avant et regarda Bob droit dans les yeux. Il regrettait que Boricio ne l'ait pas autorisé à se munir d'une arme, mais ce dernier disait qu'il avait ses raisons, et Charlie s'estimait mal placé pour le contredire.

— Sinon ? Tu vas ordonner à tes gorilles de me casser la figure ? J'ai une meilleure idée. Retournez donc à votre partie de jambes en l'air, toi et ta bande de petits pédés.

— Ses gorilles ? répéta Boricio en riant. Hé, fais gaffe, vieux. C'est moi le chef, ici. Et de toute façon, Charlie est tout à fait capable de s'occuper de toi. Nous deux, on est juste venus regarder. Cela dit, si c'est le cul qui t'intéresse, on peut peut-être s'arranger, beau gosse…, acheva-t-il avec un clin d'œil enjoué.

— Ne m'oblige pas à me répéter, reprit Charlie en affectant une hardiesse qui ne reposait strictement sur rien. Allez, lâche-la.

Bob le regarda sans rien dire, puis lança un coup d'œil à Boricio et Adam, qui n'avaient pas bougé d'un pouce.

— Va te faire foutre, minus. Elle ne s'en ira pas d'ici.

Callie réussit à se dégager et se releva d'un bond avant de courir vers Charlie.

— Va te faire foutre toi-même, cria-t-elle à Bob.

Bob s'approcha de Charlie.

Saisissant avec un temps de retard les intentions de son beau-père, celui-ci se déporta vivement… mais pas assez.

Le poing de Bob s'abattit sur son front. Il fut foudroyé par la douleur, tout en songeant que celle-ci aurait été bien pire si le coup l'avait atteint au nez.

Emporté par son élan, Bob fut momentanément déséquilibré, mais détala presque aussitôt en direction de sa chambre. Charlie s'élança sur ses talons et ne tarda pas à entrevoir l'objet de cette échappée : un pistolet posé sur la commode.

Non !

La panique embrasa le carburant qui coulait dans les veines de Charlie. Si Bob mettait la main sur cette arme, il était foutu. Il entendait approcher Adam et Boricio dans son dos, mais il était le seul à pouvoir stopper Bob à temps.

Il l'attrapa par le col et le tira en arrière. Tous deux roulèrent au sol. La tête de Bob heurta la commode. Il cria. Charlie croisa son regard et y lut une haine farouche que, jusque-là, il n'avait qu'entraperçue. S'il lui restait le moindre doute quant aux intentions meurtrières de Bob, il se dissipa d'un coup.

Bob détendit brusquement une jambe et lui expédia un coup de pied en pleine poitrine. Le souffle coupé, il partit en arrière et s'effondra sur le lit.

Bob en profita pour se remettre debout, s'emparer du pistolet et le braquer sur Charlie qui, les yeux clos, crut sa dernière heure venue. Mais au lieu d'une détonation, il entendit un choc sourd suivi d'un cri.

Il rouvrit les yeux.

Bob avait lâché le pistolet et gisait au sol, avec la batte de Boricio qu'il lui avait manifestement balancée dessus.

— Bon, d'accord, j'ai menti, fit ce dernier en regardant Bob à terre. J'ai décidé de donner un petit coup de main à Charlie finalement. Mais à partir de maintenant, la balle est dans son camp. Allez, petit, bute-le, cet enfoiré.

Bob regarda, les yeux plissés, son beau-fils faire mine d'essayer de se saisir de l'arme à feu.

Mais Charlie se jeta à terre, attrapa la batte et, sans réfléchir, frappa Bob aux genoux. De toutes ses forces.

Bob s'affala, fou de douleur ; malgré sa main tremblante, il ne lâcha pas le flingue.

Charlie roula sur lui-même et le frappa à nouveau, encore plus fort, cette fois sur le poignet. Il y eut un craquement sinistre et l'arme tomba enfin. Bob hurla. Sa main gauche soutenait sa droite, blessée.

— Enculé ! gémit-il.

En travers de sa bouche grande ouverte s'étiraient des filets de salive.

Callie entra à son tour dans la chambre et, aussitôt, se rua sur le pistolet. Elle visa Bob qui, plié en deux, lâcha en pleurant de douleur :

— Je vais te tuer, morveux.

Charlie se retourna vers Boricio : il était hilare. Adam, lui, le regardait les yeux ronds. Il n'en revenait pas.

— Tu m'entends ? vagit à nouveau Bob qui, tête baissée, fixait obstinément sa main. Je te retrouverai partout où tu iras et je te ferai la peau, petit salaud !

— Alors ça, ça m'étonnerait ! plaça Callie en posant le canon du pistolet contre son crâne.

Là aussi, Bob leva sur elle des yeux pleins d'une haine féroce. Un sourire malsain se dessina sur ses lèvres.

— Alors, tu vas laisser une nana faire le boulot à ta place, *Charlotte* ?

Qu'est-ce qui lui prend de nous provoquer ? Ferme ta gueule, Bob, merde !

Charlie ne comprenait vraiment pas pourquoi son beau-père le cherchait encore dans un moment pareil. Il ne se rendait donc pas compte ? Il ne voyait donc pas à quel point la situation était à son désavantage ? Il voulait pousser Charlie à bout. Le forcer à réagir. Le jeune garçon était venu lui faire payer tout ce qu'il lui avait fait subir dans sa vie ; mais maintenant qu'il avait à ses pieds un beau-père pathétique, incapable de se défendre, tout désir de vengeance le quittait.

Si Bob avait juste pu fermer sa grande gueule… Charlie se serait bien contenté de le planter là en emmenant Callie, au risque de déplaire à Boricio. La jeune fille le regarda, l'air de solliciter son approbation. Il fit un signe de dénégation.

— Non, on n'a qu'à s'en aller et c'est tout.

— Sans finir le boulot ? intervint Boricio. Petit, je te le dis : t'en vaux deux comme moi.

— Tout ce que je veux c'est foutre le camp d'ici, répondit-il en prenant le pistolet des mains de Callie avant de serrer cette dernière dans ses bras.

C'était une sensation agréable, même s'ils n'étaient qu'amis.

— Il n'en vaut pas la peine, ajouta-t-il.

— Cet enfoiré l'a quand même violée ! protesta Boricio. Sans parler du fait qu'il a foutu en l'air la vie de ta mère. C'est toi-même qui l'as dit. Tu vas le laisser s'en tirer comme ça ?

Boricio avait le regard d'un enfant à qui on apprend le 24 décembre que finalement, cette année, le Père Noël ne passera pas.

Charlie était tenaillé par la culpabilité. Boricio avait conduit pendant des heures pour lui permettre de régler son compte à Bob sans cesser de le gonfler à bloc et voilà : pour finir, il n'était pas à la hauteur. Pourtant, même s'il les connaissait à peine, il sentait que l'épisode du camp avait forgé des liens indissolubles entre Adam, Boricio et lui.

— Il a gâché la vie de ta mère, répéta Bob d'un ton plaintif, en jouant justement sur son éternel sentiment de culpabilité.

Depuis la mort de son père, Boricio était le premier homme à lui témoigner un tant soit peu de respect. Mais au fond, Charlie n'était pas un assassin. Certes, il avait souvent rêvé de flinguer toutes les brutes du lycée ; mais il n'était jamais allé jusqu'à *projeter* de le faire. En dépit de ses vantardises et de ses plus sombres fantasmes, il ne se sentait pas capable d'ôter la vie, hormis pour se défendre ou défendre quelqu'un qu'il aimait.

Il tendit le pistolet à Boricio et se dirigea vers la porte, suivi de Callie.

— Il a dit que j'avais gâché la vie de sa mère ? s'esclaffa Bob.

Mais tu peux pas la fermer, non ?

— C'est tout le contraire ! J'ai été une bénédiction, pour cette connasse ! Quand je l'ai rencontrée, elle était bonne pour l'HP ! Elle passait son temps à pleurnicher sur la mort de son mari à la con. Des mecs prêts à se cogner une malade pareille, y en aurait pas eu beaucoup.

Un déclic se produisit dans la tête de Charlie. Son sang se glaça, des picotements parcoururent sa peau. Toutes les choses qu'il s'était retenu de dire au fil des ans lui firent monter les larmes aux yeux. Il se retourna vers Bob et proféra, la mâchoire tremblotante :

— Ferme ta gueule.

— Qu'est-ce qu'il y a ? C'est de ta salope de mère ou de ton minus de père crevé que tu veux pas que je parle ?

Boricio émit un sifflement admiratif, puis lâcha avec la voix d'Al Pacino :

— T'es gonflé de lui parler de ses parents comme ça, dis donc !

Charlie leva la batte et frappa Bob au genou gauche. Il se déboîta sous l'impact et Bob poussa un hurlement.

— Mon père, tu lui arrives pas à la cheville, pauvre taré ! hurla Charlie en expédiant des postillons à la figure de Bob. Et t'as complètement vampirisé ma mère ! Tu crois peut-être qu'elle t'aimait, connard ? Tu parles ! Elle avait peur de toi, c'est tout !

Bob rit.

— Arrête de rire !

Charlie avait le visage inondé de larmes. Le torse secoué par son rire forcé, Bob rivait sur lui des yeux fous.

— Arrête de rigoler, je te dis !

Charlie lui donna un nouveau coup de batte, cette fois au bras gauche, juste au-dessus du coude. L'autre hurla, mais réussit quand même à feindre le même rire dément, sans quitter Charlie des yeux. Il le mettait au défi de continuer à le frapper !

— Laisse tomber, fit Callie derrière Charlie, en lui posant la main sur l'épaule. Tu l'as dit : il en vaut pas la peine.

Charlie consulta Boricio du regard. Ce dernier lui sourit en hochant la tête en signe d'approbation. Adam écarquillait toujours les yeux. Manifestement, il n'en menait pas large. Callie était désolée pour Charlie ; elle s'efforçait de le soutenir.

Mais lui, ce n'était pas de la sympathie qu'il voulait.

Le rire de Bob ne cessait de s'amplifier. Charlie le sentit pénétrer au plus profond de lui-même, et libérer d'un coup un flot de souvenirs. Comme quand on ôtait la bonde d'un lavabo : toute sa capacité de déni et de filtrage des souvenirs s'écoulait comme l'eau dans la tuyauterie. Il ne restait que l'évidence implacable de toutes les saloperies jamais commises par Bob. Toutes les insultes proférées l'air de rien, tous les ordres qu'il lui avait donnés, l'exploitation à laquelle il l'avait soumis, et aussi les mille morts qu'il avait fait subir à sa mère – une femme jadis si pleine de vie… Charlie se remémora un jour de l'avant-Bob où il avait monté pour elle un spectacle de marionnettes. Elle avait ri de bon cœur. Elle lui avait souri. Bien sûr, son défunt mari lui manquait terriblement. Et Charlie se languissait beaucoup de son papa, lui aussi. Mais ils étaient là l'un pour l'autre, elle et lui. Ils étaient tous les deux. Et ça suffisait amplement.

Jusqu'à Bob.

Le rire de Bob raillait tout ce qui était pur et bon chez la mère de Charlie. Et raillait le souvenir de son père.

Charlie se retourna vers Boricio, Adam et Callie, et leur dit :

— Sortez.

— Pourquoi ? interrogea Callie.

Elle chercha son regard. Mais il l'évita.

— Allez m'attendre dehors. On a des trucs à régler, Bob et moi.

Boricio sourit de toutes ses dents – Charlie n'avait jamais vu d'aussi large sourire. Puis il poussa les deux jeunes gens dans le couloir.

— Allez, la team. On laisse un peu notre copain tranquille.

— Tu n'es pas obligé de faire ça, lança Callie en jetant un regard en arrière.

Mais Charlie se détourna.

— Laisse-moi. S'il te plaît.

Boricio referma doucement la porte.

Charlie regarda Bob. Ils étaient désormais en tête à tête.

Et un seul des deux sortirait de la pièce.

11

Luca Harding

— Dis donc, ton chien commençait vraiment à s'énerver, remarqua Paola.

— Il ne nous voulait pas de mal. C'est un très gentil chien, répondit Luca en disposant ses cuirassés sur le plateau de jeu.

— Il est trop mignon.

Luca leva les yeux. Elle souriait. Elle avait un joli sourire.

— C'était comment, l'école, là où tu habitais ? lui demanda-t-il pour éviter que la conversation ne retombe sur des sujets qui lui faisaient trop peur.

— Pas passionnant, répondit-elle. Je venais d'entrer au collège. C'était mieux parce qu'on changeait de profs et de matières ; et puis l'école était plus grande, alors on pouvait se faire plus de copains avec qui jouer à la récré, mais en gros, je m'ennuyais quand même.

— Pourquoi ? Tu n'apprenais rien d'intéressant ? Moi j'étais bon en maths. Je commençais à bien savoir faire les divisions.

— Non, ça ne m'intéressait pas vraiment. Je sais bien qu'on est censés apprendre plein de trucs. Mais moi, tout ce qu'on nous enseignait dans ma nouvelle école, je le savais déjà en arrivant.

— Comment ça se fait ?

— Avant, j'allais dans une école primaire qui s'appelait Oak Hill. C'était vraiment chouette. Mais j'en suis partie il y a deux ans.

— Comment ça se fait ?

— Mon père m'a dit que c'était une école pour gosses de riches, et qu'il ne voulait pas que je devienne comme les autres élèves, gâtée pourrie. Mais ce n'était pas la *vraie* raison. Parce que presque toutes les filles étaient super gentilles, à Oak Hill. En fait, je crois qu'il n'avait plus les moyens de m'y envoyer. Donc, c'est ma mère qui aurait dû payer. Et ça, il ne l'aurait jamais admis.

— Tu l'aimais bien, alors, ton ancienne école ?

— Mais j'aime aussi la nouvelle. Les gens sont sympas et j'ai – enfin, *j'avais* – des super copains. C'est juste que je m'ennuyais. Tout ce qu'on y apprenait, j'aurais pu l'apprendre dans les livres, et comme je dévore tout ce qui me tombe sous la main depuis que je sais lire… Tu aimes la lecture, toi ? demanda-t-elle en relevant les yeux.

— Oui, je me suis mis à lire des vrais livres cette année.

— Ah oui ? C'est lequel ton préféré ?

— J'ai commencé *Harry Potter*, mais ça ne m'a pas vraiment plu.

— Quoi ? Tu n'aimes pas *Harry Potter* ? Il y a vraiment quelque chose qui ne tourne pas rond chez toi ! Et en ce moment, qu'est-ce que tu lis ?

— *Cap ou pas cap*, tu connais ? Il y a eu un film, *Comment manger 10 vers de terre en une journée*.

— J'ai vu le film, oui. Le bouquin est bien ?

— Ouais, mieux que le film à mon avis.

Luca sentait bien que Paola se retenait de le dévisager tant elle trouvait ses lectures bizarres alors qu'ils semblaient avoir le même âge.

— Il ne faut pas que tu te sentes gêné, dit-elle pourtant, comme si elle lisait dans ses pensées. Je sais, c'est vraiment bizarre. Mais ce qui t'est arrivé, c'est à cause de moi – parce que tu as voulu venir à mon secours. C'est plutôt positif, non ?

Luca acquiesça, mais se sentait au bord des larmes.

— Allez, t'en fais pas, s'exclama-t-elle gaiement, en lui donnant une petite tape sur le genou. Tout va bien se passer. Au fait, dit-elle pour changer de sujet, qu'est-ce qu'il avait à aboyer comme ça, Dog Vador, à ton avis ?

— Aucune idée, mais je le saurai dès que je m'endormirai.

— Comment ça ? Je ne comprends pas.

— Ah bon ? Tu n'es pas au courant ? Dog Vador n'est pas un chien *pour de vrai*.

— Hein ?

— Enfin si, c'est un chien, mais pas seulement. C'est aussi un Indien.

Paola le regarda en louchant.

— Euh, un Indien ?

— Oui. Mais seulement quand je suis endormi.

— Tu te moques de moi ? Parce que sinon, il va falloir tout me raconter depuis le début.

— Eh bien… Dog Vador est un chien *et aussi* un Indien. Pas comme ceux de l'Inde, hein ! Comme ceux qu'on n'est pas censés appeler comme ça. On doit dire Amérindiens. C'est lui qui m'a conduit jusqu'à Will.

— Et il te *parle* dans ton sommeil ? De la même façon que vous vous parlez, Will et toi ? Et comme tu m'as parlé à moi ?

Luca hocha la tête sans répondre, les yeux baissés. Il était tout gêné sans bien savoir pourquoi.

— Comment tu peux savoir que ce n'est pas un rêve, tout bêtement ?

— Parce qu'il a toujours raison.

— Ah bon. C'est un chien/Indien extra-lucide ? dit malicieusement la petite fille.

— À table ! appela la mère de Paola depuis le bar.

— Qu'est-ce qu'on mange, à ton avis ? s'enquit Luca.

— J'en sais rien, mais à mon avis ça sort d'une boîte de conserve.

Paola lui fit un petit sourire, puis reprit :

— Prêt ?

— Oui.

Il se laissa glisser de sa chaise et tous deux se dirigèrent vers le bar ; en chemin, ils rencontrèrent John et Jimmy qui sortaient du couloir.

Dog Vador se remit à aboyer.

ABOIE… RRR-ABOIE… RRR-ABOIE… ABOIE…

Luca le caressa.

— Gentil, le chien. Tout va bien.

— On devrait peut-être l'enfermer dans une des chambres, non ? suggéra John.

— Mais non, il sera sage, fit Luca. Hein le chien ?

ABOIE... RRR-ABOIE... RRR-ABOIE... ABOIE...

— John a peut-être raison. Juste le temps de déjeuner, OK mon grand ? dit Desmond.

— OK.

Luca baissa la tête, puis regarda Dog Vador.

— Allez, viens, dit-il en l'entraînant par la peau du cou.

John déclara :

— Je monte faire le guet au premier étage si ça ne vous fait rien. Ce qui se passe là-dehors m'inquiète un peu, et puis je n'ai pas très faim.

— Pas de problème, John, acquiesça Desmond.

Luca entraîna Vador vers les cuisines, ouvrit la porte et lui donna une dernière petite tape sur la tête.

— À tout à l'heure !

Et il referma la porte.

Puis il gagna le bar, où il attaqua son déjeuner sans enthousiasme. Pourtant ce n'était pas mauvais, mais il n'arrêtait pas de penser à Dog Vador et ça lui coupait l'appétit.

— Maman, la nourriture va finir par poser problème, non ? fit Paola.

— Possible, mais en fait, je suis sûre qu'on se débrouillera. On a des tonnes de conserves et tant que la population est aussi réduite, on en trouvera toujours assez dans les magasins. Il faudra juste qu'on se réapprovisionne le plus souvent possible.

— Tu te fais du souci, toi ?

— Bien sûr ma chérie, mais en même temps, je crois vraiment qu'on va s'en sortir. J'en suis même *sûre*, affirma-t-elle.

Elle cessa de tartiner du beurre de cacahuète, posa son couteau sur le bar et se pencha par-dessus le comptoir pour embrasser sa fille sur le front.

— Je te promets que tout ira bien et que je m'arrangerai toujours pour faire de bonnes choses à manger.

— Ce n'est pas ça qui m'inquiète, maman. Avec toi, tout sera toujours délicieux, même si on se retrouve obligés de manger de l'écureuil.

— Ce qui ne devrait pas se produire de sitôt, répliqua Mary. Enfin, j'espère !

Elle jeta un coup d'œil à l'assiette de Luca.

— Tu n'as rien mangé, mon chou. Tu préférerais autre chose ? Tu n'as qu'à demander, je te préparerai ce que tu veux.

Elle se pencha vers lui, mais Luca se contenta de secouer la tête sans répondre.

Mary lui prit les mains et demanda à voix basse :

— Qu'est-ce qu'il y a ? Tu te fais du souci pour ton chien ?

Luca fit signe que oui.

— Et si je lui faisais quelque chose de bon à manger ? proposa-t-elle, tout sourire. En même temps, je vais préparer un autre repas pour toi. Je mettrai sa ration dans un plat et ton assiette sur un plateau, comme ça, tu pourras aller manger dans les cuisines avec lui ! Ou alors, reprit-elle un ton plus bas, s'il n'aboie plus, tu peux le ramener ici et il mangera avec toi. D'accord ?

Luca sourit et répondit que oui. Puis il échangea de menus propos avec Paola pendant que Mary cherchait à manger pour lui et son chien. En l'espèce, des saucisses cocktail et du jambon en boîte pour Dog

Vador, et des macaronis au fromage accompagnés de frites pour Luca.

— Merci m'man, c'est super gentil de ta part, commenta Paola.

— Oui, merci madame, renchérit Luca.

— Tu peux m'appeler Mary, tu sais, fit-elle en déposant les plats sur le comptoir.

— Tu viens avec moi chercher Dog Vador ?

— Oh oui ! s'écria Paola.

Ils se rendirent dans les cuisines de l'hôtel, mais le chien n'était nulle part en vue.

— Seigneur Vador ! appela le petit garçon.

Silence.

— Où est-il passé, tu crois ? s'enquit Paola.

Luca parcourut la pièce du regard. Dog Vador n'était pas endormi quelque part. Il ne se cachait pas non plus. La porte de la chambre froide était fermée, mais celle qui donnait sur l'extérieur était entrebâillée.

— Regarde ! dit Luca en tendant l'index.

— Je vois, répondit Paola.

Le ton de sa voix mit en mouvement les araignées tristes de Luca.

Tout à coup, on entendit du bruit dehors, juste derrière la porte.

Ni aboiements, ni grondements, ni gémissements. Un son rappelant quelque chose qui se déchire – des tas de feuilles de papier, par exemple. Avec de temps en temps des éclaboussures de liquide pâteux et... des bruits de *mastication*.

— Tu veux que j'aille chercher Desmond ?

Luca secoua la tête et se mit en marche vers la porte extérieure.

— Tu es sûr ? insista Paola.

Luca ne répondit pas. Il avançait lentement, à tout petits pas, décidé à franchir le seuil et retrouver son chien.

Une fois dehors, il ne cria pas. Il en était incapable. L'horreur était telle qu'il en était réduit à contempler fixement le spectacle qui s'offrait à ses yeux.

Dog Vador était en dix morceaux au moins. Tout ce qui se trouvait entre sa tête et ses pattes se faisait méthodiquement arracher, broyer, puis rejeter sur le ciment couvert de lambeaux de chair et de fourrure ensanglantée. Deux monstres se disputaient les restes de ce qui devait être une patte avant tandis qu'un autre, à genoux, enfouissait sa tête dans les entrailles du chien.

Une mare de sang s'élargissait, jusqu'à atteindre les pieds de Luca.

Le monstre qui dévorait le ventre de Dog Vador s'interrompit, puis regarda le petit garçon et sourit, révélant des dizaines de dents noires et pointues, dégoulinantes de sang. Brusquement, il se remit sur pied. Il mesurait plus de deux mètres.

— Vite, Luca ! Viens vite ! Dépêche-toi ! hurla Paola.

Mais Luca était pétrifié.

Paola l'entoura de ses deux bras, lui fit réintégrer les cuisines de force et claqua la porte avant de pousser le verrou.

— Maman ! cria-t-elle.

Luca se laissa tomber par terre et fondit en larmes.

12

Edward Keenan

En ouvrant les yeux, Ed découvrit Sullivan accompagné d'un nouveau visiteur. Un type de petite taille, plus tout jeune, avec des cheveux gris bouclés et des yeux bruns au regard maussade dissimulés par d'épaisses lunettes fumées. Il portait une chemise bleu clair à manches longues et un pantalon gris.

C'est un scientifique et il s'appelle Williams.

Hé, mais comment je fais ça, moi ?

— Bonjour monsieur Keenan, comment allez-vous aujourd'hui ? demanda Sullivan.

Pourquoi « aujourd'hui » ? On n'est plus le même jour ?

— Je vous présente M. Williams. Il aimerait vous poser quelques questions.

— Super, mon jeu préféré, répliqua Ed en se demandant d'où il connaissait le nom de ce Williams. Au fait, j'attends toujours des réponses : Où est ma fille ? Et où est… ?

Merde, comment s'appelle-t-elle déjà ?

Tonga… Tig… Ah oui : Teagan.

— Où est Teagan ?

— Malheureusement, nous avons dû la transférer dans un endroit… où elle sera plus en sécurité, répondit le Williams en question d'une voix où perçait une pointe d'accent britannique. Quant à votre fille, elle n'est pas loin. Ne vous en faites pas, nous prenons grand soin d'elle. Nous lui avons dit que vous deviez subir des examens médicaux et recevoir des soins, aussi n'est-elle pas inquiète pour vous.

— Délicate attention de votre part. Et on peut savoir où nous sommes ? Et Teagan ? Quel danger on court ici ?

— Patience, monsieur Keenan. Nous y viendrons. Vous vous appelez bien Keenan, n'est-ce pas ?

— C'est ça, Edward Keenan.

— Et vous en êtes certain ?

— Évidemment, s'irrita Ed en se massant les tempes avec force.

— Ça ne va pas ? s'enquit l'autre.

— J'ai mal à la tête, c'est tout. Ça va passer.

— Ça vous arrive souvent ?

— Pourquoi, vous êtes médecin, un truc comme ça ?

— Il se trouve que oui. Oui, on peut dire ça. Mais revenons à ces maux de tête. Sont-ils fréquents ? Il y a combien de temps que vous en souffrez ?

— Bah, j'en ai eu plus ou moins toute ma vie. Un toubib m'a dit que c'étaient des migraines. C'était bien pire quand j'étais jeune.

— Vous avez d'autres symptômes ?

— Mais… c'est un bilan de santé ou quoi ? s'énerva Ed. Je vous ai dit comment je m'appelais, j'ai ajouté que je dirais tout ce que vous voulez. Bouclez-moi et jetez la clef si ça vous chante. J'en ai plus rien à foutre. Alors allons-y, le plus tôt sera le mieux.

— Pourquoi donc voudrions-nous vous boucler ?

Ed ne savait plus où il en était. Il sentait une telle pression dans son crâne que celui-ci lui paraissait sur le point d'éclater. Sa vision se brouilla et, l'espace d'une seconde, Williams lui apparut en double. Il ferma les yeux de toutes ses forces, secoua la tête, puis les rouvrit. Il y voyait un peu plus clair, mais pas beaucoup.

— Vous parlez sérieusement ? reprit-il. Vous ignorez vraiment qui je suis et ce que j'ai fait ?

— Oui. Racontez-nous ça.

— Depuis le début, sans rien omettre, plaça Sullivan.

— Je m'appelle Edward Keenan, je travaille pour l'Organisation. Enfin, je travaillais. Jusqu'à ce qu'il arrive ce qui est arrivé.

— Quelle Organisation ? demanda Sullivan. Vous parlez de la CIA ?

— Oui. Enfin, une branche de la CIA dont vous n'avez sans doute jamais entendu parler. Si vous voulez en savoir davantage, il faut vous adresser à mes supérieurs. En supposant qu'il en reste. Au fait, puisque c'est l'heure des questions-réponses, ça ne vous ferait rien de m'expliquer ce qui s'est passé là, dehors ?

Les deux hommes échangèrent un regard. Cela dura si longtemps qu'un malaise s'installa.

— Et vous, qu'en pensez-vous ? lui retourna Williams.

— Bon sang, mais vous ne répondez donc jamais à aucune question ? soupira Ed en laissant sa tête rouler en arrière. Bon, commença-t-il. J'étais dans un avion.

Il s'efforça de se remémorer les détails exacts, mais ses pensées étaient de plus en plus confuses, son mal de tête de plus en plus violent.

— Quand était-ce ?

— Quoi donc ? demanda Ed, qui n'arrivait pas à suivre.

— Quand étiez-vous à bord de cet avion ?

— Je ne sais plus. Il y a quelques jours. Une nuit. Euh… dans la nuit de vendredi à samedi, voilà.

Williams feuilleta les papiers fixés sur sa planchette, puis dit :

— Le 15 ?

— Ça doit être ça.

Ed avait du mal à rassembler ses idées, comme s'il était ivre.

Les deux hommes échangèrent un nouveau regard. Malgré son crâne douloureux et sa certitude que ses ravisseurs étaient d'une manière ou d'une autre au service du gouvernement, Ed savait à présent qu'ils ne faisaient pas partie de l'Organisation. Du moins, pas de sa branche à lui. Tout à coup, leur perplexité semblait sincère. Du coup, il lui était plus facile de se plier à leurs exigences et de répondre à leurs questions, même exaspérantes.

— Je me suis endormi. Quand je me suis réveillé, l'avion s'était écrasé et j'avais survécu par miracle. J'ai cherché d'autres survivants et je n'en ai pas trouvé. Pas de corps non plus. Comme si j'avais été seul à bord de cet avion au moment de l'accident.

— Et après ?

— Toutes les agglomérations étaient devenues des villes fantômes. Partout où je suis allé. Et là, j'ai rencontré cette petite, Teagan. Elle m'a raconté qu'elle rentrait de vacances en voiture avec ses parents, et qu'il s'était passé quelque chose. Elle a vu une espèce de nuage noir dans l'habitacle, depuis la banquette arrière où elle se trouvait, et d'un seul coup son père et sa mère se sont volatilisés.

— Vraiment ? Vous pourriez développer ?

Pendant un court instant, Ed eut la tête vide, comme si on avait effacé la suite de sa mémoire. Mais subitement tout lui revint, parfaitement clair.

— Elle a dit que le nuage s'était dissipé et que tout à coup ses parents n'étaient plus là. Pour le reste, demandez-lui vous-même. Comme je vous l'ai dit, je n'ai pas assisté à la scène. De mon côté je n'ai vu personne se volatiliser dans l'avion, pour la simple et bonne raison que je dormais, mais c'est ce qui a dû se passer aussi.

— Que pouvez-vous nous dire d'autre sur vous-même, monsieur Keenan ? Vous êtes marié ?

— Oui.

— Comment s'appelle votre épouse ?

Ed ne répondit pas tout de suite. Il ne voyait pas le rapport. Mais cette information n'était pas top secrète, et ses problèmes de ce côté-là étaient bien connus au sein de l'Organisation.

— Julie. Mais on s'est séparés il y a quelques années.

— Et Jade est votre fille ?

— Oui.

Les deux hommes s'entre-regardèrent une fois de plus, et Ed perdit patience.

— Bon, je vous ai dit tout ce que vous vouliez savoir. Maintenant, à votre tour de répondre à quelques questions.

— Ce ne serait que justice, en effet. Malheureusement, nous ne sommes pas en mesure de vous dire grand-chose de plus, monsieur Keenan.

— Arrêtez vos conneries. Trouvez-moi quelqu'un qui puisse répondre, lui.

— C'est justement ce que nous avons fait. Une personne va venir s'entretenir avec vous dans les plus brefs délais et répondre à toutes vos questions. D'ici là, je tiens à vous remercier pour votre coopération.

— Vous ne pourriez pas me dire au moins où on est ? plaida Ed.

Williams consulta du regard Sullivan, qui acquiesça.

— Au Centre de Recherche de Black Island.

13

Brent Foster

Jamais de sa vie Brent n'avait été aussi heureux de voir arriver un ferry.

Tous quatre s'élancèrent vers le quai en trimballant les fourre-tout qu'ils avaient bourrés de provisions et d'armes de poing – ils avaient préféré ne pas en porter sur eux de peur qu'on se méprenne sur leurs intentions durant la traversée ; ils seraient certainement entassés sur le bateau.

À l'embarcadère, ils tombèrent sur quatre hommes armés dont l'uniforme noir était frappé à l'épaule d'un mystérieux emblème ; affublés de masques non moins étranges, ils montaient la garde. Brent jugea que ce devait être des militaires. Tant mieux : si d'autres aliens se montraient, ils sauraient sans doute s'en occuper.

Pourtant, il y avait chez ces soldats-là quelque chose qui le mettait physiquement mal à l'aise…

— S'il vous plaît ! Posez vos sacs par terre et levez les bras en l'air, dit l'un des militaires sans ôter son masque.

Les quatre fusils étaient braqués sur eux.

— On est juste venus pour le ferry de Black Island, expliqua Brent. On a entendu l'annonce à la radio.

Ils posèrent leurs sacs et un soldat s'approcha, sans plus les viser directement, mais en restant visiblement sur ses gardes.

— L'un d'entre vous a-t-il été mordu ?

Jane et Emily secouèrent négativement la tête. Brent les imita. Luis resta sans réaction.

Mais ! Pourquoi ne dit-il pas la vérité ?

— Répondez, s'il vous plaît, reprit le militaire en regardant Luis.

Celui-ci lança un coup d'œil à Brent, puis fit signe que non.

Tu mens ! Dans quel but ?

Brent sentit son malaise s'intensifier.

— Je vous demande de vous déshabiller entièrement et de vous diriger vers mon collègue, là-bas, reprit le soldat en désignant un cinquième homme en noir qui se tenait au point d'embarquement. Celui-là ne portait pas d'arme mais une espèce de torche high-tech.

— Avancez un par un à mesure que je vous appelle, lança-t-il.

— Se déshabiller, mais pourquoi ? demanda Jane.

— Exécution ! aboya un homme en noir d'un ton sans réplique.

Jane déshabilla donc Emily, qui demanda :

— Maman, pourquoi on doit se mettre tout nus ?

— C'est comme ça, ma chérie. Ne t'en fais pas.

Luis regarda Brent en secouant la tête, l'air de lui reprocher de l'avoir laissé venir avec eux.

Tous se défirent de leurs vêtements, et de leur dignité par la même occasion. En lançant un nouveau regard à

Luis, Brent sentit son cœur se serrer et s'efforça de lui témoigner muettement l'expression de sa contrition.

Un soldat vint ramasser leurs vêtements, qu'il jeta dans un grand sac en plastique noir.

— On vous en affectera d'autres sur le bateau, les informa un soldat.

On nous traite comme des prisonniers..., songea Brent.

— La petite d'abord ! aboya un militaire.

Emily avança d'un pas, hésitante ; Jane fit mine de la suivre.

— Non ! Juste la petite, jeta celui qui commandait en braquant son arme sur Jane.

— Maman, j'ai peur ! lança Emily, qui ne voulait plus bouger.

— Avance ! vociféra le soldat en joignant le geste à la parole.

— N'aie pas peur, dit Jane en croisant frileusement les bras sur sa poitrine. Maman est là.

Emily s'approcha de l'homme à la lampe bizarre. Une fois allumée, on aurait dit qu'elle émettait de la lumière noire sauf que le rayon était d'un bleu à la fois plus foncé, plus franc et plus vif. Il promena la torche sur tout le corps de la petite fille, de la tête aux pieds.

— C'est bon, déclara-t-il.

Un des hommes en armes posa sa main gantée de noir sur l'épaule d'Emily et l'orienta vers les marches descendant vers l'embarcadère. Puis il lui donna une couverture, également noire, dans laquelle elle s'enveloppa.

— À vous, dit ensuite le chef en s'adressant à Jane.

La jeune femme s'avança puis ferma les yeux. Quand la baguette lumineuse passa au niveau de son torse, un bourdonnement se fit entendre et un voyant rouge s'alluma. Les militaires la mirent immédiatement en joue.

Sentant le danger, la petite fille poussa un cri et voulut rejoindre sa mère, mais le soldat le plus proche la rattrapa, posa un genou à terre et la retint.

— Qu'est-ce qu'il y a ? cria Jane.

Brent remarqua alors une cicatrice verticale le long de son sternum ; sans doute avait-elle subi une opération à cœur ouvert.

Celui qui maniait l'appareil détecteur opéra quelques réglages, puis promena à nouveau le faisceau sur tout le corps de Jane, en ralentissant au niveau de la poitrine. Cette fois le voyant rouge ne s'alluma pas.

— C'est bon, fit-il. Avancez.

Jane alla rejoindre sa fille, cramoisie de colère et de honte mêlées. Elle obligea le soldat agenouillé à lâcher la petite et la prit dans ses bras avant de la serrer très fort contre elle. Elle aussi se vit attribuer une couverture.

Luis se tenait devant Brent. Son tour était venu. Brent essaya de distinguer sur sa peau d'éventuels signes de ce que son ami avait détecté et vit son bras se contracter à deux reprises. Mais Luis continua à regarder droit devant lui. Soit il n'avait rien remarqué, soit il espérait que le phénomène était passé inaperçu.

Le cœur battant à tout rompre, Brent dévisagea les hommes armés qui les tenaient tous les deux en joue. Toute tentative pour leur échapper était vouée à l'échec. Cette fois, ni acrobaties ni héroïsme, comme à Times

Square. On les abattrait à vue, comme des prisonniers dans les vieux films de guerre.

— À vous, dit le chef en pointant sur Luis le bout de son canon puis en lui désignant l'homme à la baguette lumineuse.

Brent déglutit avec peine. Luis se retourna pour lui lancer un regard.

— Continue à y croire, lui souffla-t-il.

À croire quoi ? Qu'il va s'en sortir ? Ou bien c'est un message d'adieu et il me dit de continuer à croire que je vais retrouver ma femme et mon fils ?

Tout allait trop vite. Brent regarda Jane et Emily qui faisaient face, impuissantes, aux canons braqués sur elles ; la petite pleurait en s'accrochant à sa mère, laquelle n'aurait rien pu faire pour la protéger, de toute façon.

Luis s'approcha de l'homme à la lampe, mais s'arrêta à quelques pas de lui, se retourna vers le chef et lâcha :

— J'ai été mordu.

Brent sentit son cœur s'emballer. D'un seul mouvement, les soldats retournèrent tous leur arme vers Luis. Le chef hurla dans le micro caché dans son masque :

— On a un contaminé !

Quatre autres hommes armés apparurent sur le ferry et firent aussitôt barrage pour empêcher qui que ce soit de monter à bord.

— Quand ? demanda l'homme à la lampe, en se tenant à bonne distance de Luis.

— Hier en milieu de matinée.

— Bon Dieu, laissa échapper un soldat.

— Alerte rouge ! brailla le chef.

La panique se lisait dans ses yeux. Deux soldats accoururent, visèrent Luis et tirèrent. Une balle dans la tête, une dans la poitrine. Les trois amis n'eurent même pas le temps de protester. Luis s'affaissa aussitôt. Un autre homme en noir descendit du bateau, porteur d'un objet que Brent reconnut seulement quand les flammes engloutirent le corps de son ami.

Il resta pétrifié d'horreur, bouche bée, incapable de réagir. Les larmes se mirent à couler sur ses joues.

Jane et Emily poussèrent un hurlement. Les soldats se retournèrent vers Brent qui, hypnotisé par le brasier, ne se rendit compte de rien.

— Et vous, vous avez été mordu ? demanda le chef.

Face à la menace, Brent revint à lui d'un coup.

— Non.

Il prit une profonde inspiration.

— Je le jure.

— Avancez.

Brent s'exécuta. Tandis que l'autre promenait sa torche sur ses pieds, Brent contempla le cadavre de celui qui avait été son ami. Et qui lui avait sauvé la vie.

Pardon... Pardon.

Une terreur insidieuse naquit dans son esprit.

Et si j'ai été contaminé par Luis sans m'en rendre compte ? Ils vont m'abattre à la minute, sans la moindre hésitation.

Et je ne reverrai jamais Ben et Gina.

C'est alors qu'il se rappela le petit train en bois glissé dans la poche de son pantalon. Il était maintenant avec les autres vêtements, dans un sac scellé promis à on ne savait quel sort.

Le dernier fil qui le rattachait concrètement à son enfant, à la vie d'avant, venait d'être rompu. Son visage était inondé de larmes.

La lumière courait à présent sur ses genoux. Brent retint son souffle, terrorisé à l'idée d'entendre un bourdonnement soudain, de voir s'allumer un voyant rouge. Quand l'homme parvint à la hauteur de sa taille, la baguette émit un bruit de parasites. Emily cria. Brent ferma les yeux.

Je vous en prie mon Dieu, faites que je ne meure pas ici, pas comme ça. Je vous en supplie. Tout ce que je veux c'est les revoir.

Les parasites s'accrurent. En regardant le brasier qui allait peut-être l'avaler lui aussi, il prit une inspiration en se disant que c'était sûrement la dernière.

L'homme retira la baguette, puis la ramena à l'endroit où elle se trouvait au moment où avaient retenti les parasites. Cette fois-ci, elle n'émit pas le moindre son. Le soldat acheva de le passer au crible, puis lui fit signe d'aller rejoindre les autres.

Brent poussa un soupir de soulagement. Une fois aux côtés de Jane et Emily, il reçut à son tour une couverture.

— On vous embarque, direction le Centre de Recherche de Black Island, annonça le chef. Vous n'êtes pas autorisés à emporter d'effets personnels. Pendant trois jours, vous serez examinés toutes les huit heures au cas où vous déclareriez des signes de contamination. Si vous êtes déclarés positifs, vous serez abattus et incinérés. Nous ne pouvons pas nous permettre d'introduire l'agent infectieux au Centre. C'est compris ?

Brent et Jane firent signe que oui. Emily continua à pleurer.

— On y va, lança l'homme.

Ils se mirent en marche, et Brent lança un dernier regard aux restes calcinés de son ami.

C'est toi qui avais raison, vieux.

14

Jim Martin

À sa grande surprise, Jim se rendit compte que la télévision lui manquait. Pourtant, il ne la regardait pas souvent, en général. La lumière bleutée des écrans plats brillait dans la quasi-totalité des pièces de son ancienne maison, mais ça ne l'avait jamais vraiment intéressé, même quand il était petit.

Enfin, il aimait quand même les séries de qualité : *Lost* et *24 heures chrono*, plus celles sur le câble genre *Dexter*, *The Walking Dead* ou *Breaking Bad* ; mais le reste était bête à pleurer, et il le savait. Là-haut, des producteurs fabriquaient les âneries à la chaîne : un *reality show*, ça coûtait moins cher à produire qu'un bon téléfilm, et comme l'argent comptait plus que la postérité, les imbécillités se succédaient au point que mille chaînes finissaient par diffuser nuit et jour les mêmes nullités.

Jim préférait lire, ou regarder un bon film. Ce qu'il aimait, c'étaient les histoires, l'aventure, être constamment surpris. La télé, c'était vraiment trop prévisible. D'accord, les films aussi employaient souvent les mêmes recettes – les romans aussi, d'ailleurs – mais la différence, c'était que, contrairement à la télé, ils vous amenaient à vous poser des questions.

Même en lisant les bouquins de S.-F. les plus ringards – du moins quand ils étaient bien tournés –, tôt ou tard on se demandait qui on était, d'où on venait, ou mieux : où on allait et comment on ferait pour y arriver.

Sauf que pour l'heure, ce n'était pas de ça dont Jim avait besoin ; au diable les interrogations existentielles, ce qu'il aurait voulu, c'était se scotcher devant une bonne émission bien débile – l'équivalent d'un samedi matin devant les dessins animés avec un grand bol de céréales plein de sucre. Enfin, à l'époque où il y avait encore des dessins animés potables à la télé.

Il tira la langue à l'écran noir du poste installé dans sa chambre d'hôtel, où il était venu faire la sieste, ou du moins essayer – il n'était même pas une heure de l'après-midi.

— Ô télé, pourquoi m'as-tu abandonné ?

Comme il n'y avait personne pour apprécier son humour, il rit tout seul, puis alla ouvrir le minibar dans l'intention de se servir à boire. Mais il se ravisa et se dirigea plutôt vers l'escalier ; il n'avait jamais vraiment aimé l'alcool. L'herbe, c'était bien mieux. Il avait le vin triste, ou alors il s'endormait. Tandis que l'herbe élargissait son champ de conscience, lui mettait en tête des réflexions sur la taille de l'univers et la place qu'il y occupait, lui. Ou alors, ça le faisait rire comme un perdu. En tout cas, il n'avait jamais fait de mauvais trip, ni regretté d'avoir trop fumé.

Un jour, il avait entendu un humoriste dire que si l'herbe était en vente libre et qu'on en faisait la pub à la télé, elle serait rebaptisée « Rien à foutre de rien », ou quelque chose d'approchant, et il avait trouvé ça très juste : ça l'aidait à envoyer promener toutes les conneries qui faisaient stresser les gens et à voir plus loin, plus grand. À penser à des trucs plus importants.

Jim décida de monter se poster derrière la fenêtre du palier du premier étage, qui offrait une vue panoramique du parking. *Je vais me faire une ou deux pipes en matant les aliens, tiens.* En montant les marches, il sortit son sachet de sa poche et soupira.

Merde, il m'en reste plus beaucoup.

Il fumait régulièrement, un peu tous les jours, depuis que Walter Hawking lui avait offert un sachet pour ses quinze ans, et n'avait jamais envisagé un avenir sans herbe. Il allait falloir qu'il se réapprovisionne. Et, par la suite, qu'il apprenne à en faire pousser.

Un peu de jardinage, ça peut pas faire de mal.

En ouvrant la porte palière du deuxième étage, il eut la surprise de tomber sur John. Pas de bol. De quoi doucher l'enthousiasme le plus délirant. *Merde alors.*

Il aurait bien aimé rencontrer plutôt Will, avec qui il avait partagé un peu d'herbe un peu plus tôt dans la journée ; ils avaient passé un super moment à discuter. Ce qui ne risquait pas d'arriver avec John. Il avait autant de chances de passer un super moment avec ce type que de tomber nez à nez avec une top model apeurée en quête de compagnie.

John se retourna brièvement puis, sans un mot, se remit à contempler le parking. Malgré l'heure, il faisait complètement noir dehors. Pire que s'il était minuit. De gros nuages noirs tourbillonnaient très bas dans le ciel.

— Impressionnant, constata Jim.

— En effet, répondit l'autre avec une ébauche de sourire. Tu ne déjeunes pas avec les autres ?

— J'avais décidé de m'abrutir avec une ou deux pipes et de faire la sieste, si on ne s'en va pas d'ici en fin de compte.

— C'est l'effet que ça fait ?

— Non, pas vraiment, répondit Jim en riant. Mais l'herbe que j'ai en ce moment me fait un peu dormir, c'est vrai. Ça s'appelle de la Jade et ça vient de Californie ; mon pote Walter a son frère aîné qui vit là-bas. Il veut être acteur ; enfin, il *voulait*. Il se sert de sa carte de marijuana thérapeutique pour arrondir ses fins de mois, y compris en en expédiant un peu toutes les semaines à Walter. Ça lui fait un sacré fonds de commerce – en tout cas pour un mec qui va encore au lycée. Ils partagent les bénéfices. Walter avait bien envie de se payer une bagnole, mais il s'est dit que ses parents n'étaient peut-être pas cons à ce point-là : ils se seraient bien doutés que c'était pas en tondant des pelouses qu'il avait pu se payer une Nissan Xterra. Alors ça fait deux ans qu'il économise. Ça lui a fait une belle jambe, tiens.

John continua à regarder fixement dehors sans rien dire.

Jim déposa une pincée de fleurs séchées dans le fourneau de sa pipe.

— Avec Walter, c'était très bien servi ; mais il avait beau m'en filer plus que j'en demandais, j'étais *quand même* un de ses meilleurs clients. Évidemment, va falloir que je me trouve un autre plan, maintenant ! Merde, j'aurais dû penser à fouiller sa baraque pour trouver sa planque ! J'aurais eu de quoi fumer pendant au moins deux mois ! Si ça se trouve, tel que je le connais, y en aurait même eu assez pour nous tous !

Jim s'esclaffa et chercha le regard de John, histoire de l'inciter à discuter un peu ; mais en vain. Il aurait aussi bien pu être tout seul. Il regardait obstinément par la fenêtre, en lui lançant de temps en temps un bref coup d'œil plus intrigué qu'agacé, avec en plus une lueur indéfinissable. Jim l'avait déjà vu, ce regard-là, le plus souvent sous forme exagérée chez le « méchant » dans les films de série B un peu ringards. Mais chez John, il ne collait pas du tout. Complètement contre nature. Il avait beau être obsessionnel et coincé, et carrément chiant depuis quelques jours, il n'avait pas une once de méchanceté en lui.

— En fait, poursuivit Jim, je ne suis même pas sûr que ce soit de la Jade. Walter les tient de son frère, ces jolis noms de variétés d'herbe – Mace Windu, Blue Dream, Hippie Crippler... Mais qu'est-ce qu'on en sait, nous, en fin de compte ? Je parie que son frère achète de l'herbe merdique et lui donne des noms cool mais bidons. Vous devriez essayer, vous savez, dit-il en tendant sa pipe à John. Je suis sûr que vous vous sentiriez mieux, beaucoup plus vite que vous ne croyez. Et sans gueule de bois ! plaisanta-t-il. Ça ne dure pas, mais c'est bien agréable.

Jim alluma son briquet ; les fleurs séchées grésillèrent en se recourbant sous la flamme et une mince volute de fumée âcre s'éleva du fourneau. Il tira sur le tuyau, emplit ses poumons en deux temps et bloqua son souffle le plus longtemps possible – un peu pour la frime… Puis il souffla la fumée en direction de la vitre, où elle se déposa telle une fine pellicule de givre.

— Aaah… Elle est bonne, fit-il en se donnant de petits coups de poing sur la poitrine. Vous ne savez pas ce que vous ratez. Et c'est vrai, vous savez : il ne m'en reste presque plus. On devrait me décerner la médaille de la générosité.

John plissa les yeux et soutint son regard si longtemps que Jim craignit d'avoir droit à une leçon de morale. Mais pour finir, l'autre tendit sa paume ouverte.

— Comment on fait ?

Jim sourit de toutes ses dents. Il aurait pu lui filer la pipe sur-le-champ, mais même en temps normal ce n'était pas son style ; et quand on avait affaire à un néophyte complet, il fallait détailler tout le cérémonial.

— Croyez-moi, si vous voulez fumer, c'est tout un art. L'idée, c'est de planer le plus possible avec le moins d'herbe possible. Oubliez tout ce qu'on vous a raconté. La marijuana est une plante miraculeuse. On peut faire des tas de choses avec, y compris du papier, du tissu et je ne sais quoi encore. Plus, évidemment, la fumer, l'incorporer dans des plats ou des gâteaux, et même la faire macérer dans de l'huile ou tremper dans de l'alcool pour la préparer avant de l'ingérer. Par contre, enchaîna-t-il avec un air d'autorité toute professorale, elle n'est pas soluble dans l'eau ; donc, si on l'avale crue, ça revient à se récurer les boyaux avec une éponge qui s'achète au gramme. Crois-moi mon frère, un muffin au son de blé, ça revient quand même moins cher, comme laxatif. Vous fumez ? Je veux dire, du tabac ?

John mit une ou deux secondes à répondre par la négative.

— Dommage, parce que c'est plus ou moins la même chose sauf qu'après avoir fumé la ganja on se sent super bien et débordant de créativité, au lieu de dire : « Demain j'arrête. » Comme j'ai pas de papier à rouler, je me sers de ça, acheva-t-il en tenant sa pipe entre deux doigts, avant de remettre une fleur séchée dans le fourneau.

— Allumez-la et inspirez. Comme ça.

Jim tira sur sa pipe, retint la fumée dans ses poumons au terme d'une inhalation qui paraissait sans fin, puis la souffla en se détournant de manière à l'orienter dans le couloir derrière eux.

— Retenez-la aussi longtemps que vous voudrez. Si vous avez la tête qui tourne, c'est que vous avez assez fumé. Si vous continuez à tirer des taffes, c'est du gaspillage de bonne herbe, surtout si c'est de la culture hydroponique. Il existe des millions de théories – pendant combien de temps il faut inspirer et garder la fumée dans ses poumons, est-ce qu'il faut s'asseoir ou rester debout, toutes les variables possibles et imaginables. Mais moi je préfère rester simple : inspirer, expirer, s'éclater !

Je viens d'inventer un slogan, dis donc !

Jim rajouta encore quelques brins dans le fourneau, puis tendit la pipe et le briquet à John. Celui-ci observa la marche à suivre qui lui avait été indiquée.

— Comme vous n'avez pas l'habitude, vous allez peut-être tousser un peu, commenta Jim. Rien de grave, retenez juste la fumée le plus longtemps possible.

Jim s'amusa de l'expression qui se peignit sur les traits de John, à mi-chemin entre ingénuité et curiosité, quand tout à coup il vit les os de son visage bouger sous sa peau.

Qu'est-ce que c'est que ça ?

Incapable de dissimuler sa stupéfaction, il fit un bond en arrière.

J'ai des hallus ou quoi ? Pourtant c'est de la beuh, pas des champis !

John souffla un jet de fumée, puis replaça le tuyau entre ses lèvres et enflamma une deuxième fois le contenu du fourneau sans tenir compte de la réaction de Jim. Quand il eut retenu quelques secondes la fumée dans ses poumons, les os de son visage recommencèrent leur manège ; ça faisait comme une ondulation sous la peau.

— Mais… ? Qu'est-ce que… ? Ça bouge sous votre…, bégaya Jim.

Il recula d'un pas en regardant fixement John. Celui-ci écarquilla les yeux, mais sans prononcer un mot. Un sourire étira progressivement ses lèvres.

Jim se replia en catastrophe vers la porte de la chambre la plus proche et posa la main sur la poignée. Au moment où il l'actionnait, une voix s'éleva derrière lui.

— Mais… ? Qu'est-ce que… ? Ça bouge sous votre…

C'était sa voix à lui, Jim. Comme si la chose qui n'était pas John s'essayait à l'imiter.

Jim voulut crier, mais n'en eut pas le temps : la chose le saisit par la nuque avec une telle force qu'il crut qu'elle allait lui arracher la colonne vertébrale comme dans *Mortal Kombat*. Il laissa échapper un gémissement. L'autre le poussa dans la chambre, le jeta au sol et se mit à cheval sur lui. D'une main, il écrasait la gorge du jeune homme, qui se tortillait et se débattait dans l'espoir de se dégager.

— Pas d'issue, dit la chose qui n'était pas John en posant la main sur sa tête.

Une douleur fulgurante le transperça de la tête aux pieds. Il aurait voulu crier, supplier, dire quelque chose ! Mais il était paralysé ; il ne pouvait même plus respirer ni déglutir. La panique se propagea telle une flamme dans tout son corps en déclenchant au passage mille messages pressants : s'enfuir, se sauver, se défendre, respirer… Mais son organisme ne les entendait pas.

Ses yeux grands ouverts commençaient à piquer. La chose se releva, puis saisit Jim, le jeta sur son épaule comme un sac de linge et l'emporta. La tête du jeune homme ballottait contre son dos. Arrivée dans une autre chambre, elle le balança dans la baignoire. Le crâne de Jim heurta durement le fond. Le choc fut sonore. Il ne sentit rien, mais se dit qu'il devait y avoir beaucoup de sang.

Il perdait peu à peu conscience.

Tout devint noir à la périphérie de son champ de vision. La dernière chose qu'il vit, ce fut la chose qui le regardait avant de fermer le rideau de douche.

15

Edward Keenan

Tandis qu'il attendait l'inconnu censé lui apporter les réponses qu'il espérait, Ed sentit sa migraine s'aggraver encore. Les pulsations étaient de plus en plus douloureuses et ses souvenirs de plus en plus confus. Surtout les détails, comme le nom de sa rue, la marque de sa voiture, son dentifrice préféré... Il pouvait se les représenter mentalement, mais pour retrouver les mots, les noms, il devait fournir un gros effort. Et plus il s'acharnait, plus son mal de tête augmentait. Et plus sa vue se brouillait.

Il commençait à se demander s'il n'avait pas subi un traumatisme crânien lors de l'accident d'avion. Contrairement à ce qu'on voyait dans les films, où les gens qui recevaient un coup sur la tête perdaient conscience mais ne gardaient pas de séquelles, dans la réalité on ne s'apercevait de rien sur le moment mais l'hémorragie interne finissait par former un hématome qui pouvait s'avérer mortel.

Je ne veux pas mourir comme ça.

Je veux revoir Jade. Et Teagan.

Quelle que soit la personne qui entrerait cette fois dans la pièce, Ed décida d'exiger de voir sa fille. Il fallait qu'il sache si elle allait bien. Et puisque Teagan n'était plus dans les parages, il exigerait aussi de savoir où elle se trouvait. En demandant des preuves.

Évidemment, il était assez mal placé pour formuler des exigences. Mais ce n'était pas cela qui l'arrêterait. À leur manière de conduire l'interrogatoire, il avait bien vu que ces gens étaient moins bien entraînés que lui. Il les aurait à l'usure. Le tout était de savoir s'il devait y aller doucement ou pas.

Tout ça en admettant que son mal de crâne carabiné finisse par s'en aller. Et qu'il ait le temps de mettre son plan à exécution.

Tout ce temps passé seul face à ce miroir l'avait obligé à méditer sur son comportement au cours des dernières années. Il avait négligé sa famille, par exemple, ou exécuté les ordres sans états d'âme. Il était passé à côté de sa vie en n'emmagasinant pratiquement aucun souvenir. Et le pire, c'était que si on lui avait demandé ce qui comptait le plus pour lui, il n'aurait sûrement pas répondu « l'Organisation ». Du moins s'il avait choisi de s'exprimer franchement.

Loin de toutes ces conneries, ce qui comptait vraiment pour lui c'étaient sa fille, sa femme, vivre une vie de famille normale.

Il n'avait pas véritablement de passé commun avec Jade. Alors s'ils avaient un avenir à construire ensemble, cette fois, pas question de laisser passer l'occasion.

Mais il fallait d'abord sortir d'ici.

La porte s'ouvrit, laissant apparaître Sullivan.

— Vous êtes prêt, monsieur Keenan ?

— Oui.

Un bruit de pas qui se rapprochaient, à l'extérieur.

Un homme entra dans la pièce.

Et le cœur d'Ed faillit cesser de battre.

Frappé de stupeur, il regarda le nouveau venu, hypnotisé.

Devant lui se tenait un homme qui aurait pu être son jumeau. Il lui ressemblait trait pour trait. Seuls ses vêtements, de bien meilleure facture, les différenciaient.

Sullivan déclara alors :

— Edward Keenan, je vous présente le professeur Edward Keenan.

À suivre dans la saison 2…

Achevé d'imprimer
à Noyelles-sous-Lens
pour le compte de France Loisirs,
31 Rue du Val de Marne
75013 PARIS

Imprimé en France
Dépôt légal : août 2017
N° d'édition : 90645